U0482945

皇甫国诗集之

丹心铸魂

情融虎旅,笔醉金秋。奇情壮采,婉转铿锵,捧出心中一寸丹,风光长似少年时

皇甫国 著

武汉出版社

图书在版编目（CIP）数据

丹心铸魂 / 皇甫国著 . -- 武汉：武汉出版社，2025. 2. -- ISBN 978-7-5582-7322-3

Ⅰ . I227

中国国家版本馆 CIP 数据核字第 2025JT1080 号

丹心铸魂

作　　者：皇甫国
策　　划：陈景丽
责任编辑：赵　可
封面设计：朱妮雅
出　　版：武汉出版社
社　　址：武汉市江岸区兴业路 136 号　邮　编：430014
电　　话：（027）85606403　85600625
http://www.whcbs.com　　E-mail:zbs@whcbs.com
印　　刷：武汉精一佳印刷有限公司　　经销：新华书店
开　　本：710mm×1000mm　1/16
印　　张：18.25　　字数：245 千字
版　　次：2025 年 5 月第 1 版
印　　次：2025 年 5 月第 1 次印刷
定　　价：98.00 元

版权所有·翻印必究
如有质量问题，由承印厂负责调换

抗美援朝出国前合影　后排左起：姚灿萍　张汉飞　廖鸣春
　　　　　　　　　　前排左起：蔡有方　王钦道　冯宗源　皇甫国

皇甫国（右）与战友刘长荣接收前线消息

回国前皇甫国（左一）、何建廷、何书范朝鲜定州合影

1962年重庆54军军务处合影，皇甫国（前排右二）时任参谋

20世纪70年代河南新乡54军政治部副主任元健（前排左二）和秘书处合影，皇甫国（前排右一）时任秘书处处长

1980 年河南延津军事演习合影

20 世纪 80 年代原武汉军区组织部部分同志合影（皇甫国时任《新四军》编写组编辑）

将军学府校领导合影，左三副校长谭绍华，左四副校长童小清，左五常务副校长皇甫国，右五校长弥生泉，右三副校长严正军

2011年10月列席首届军旅诗词研讨会

2014年参加将军学府诗词研究会活动

古典诗词班师生聚会从左至右：郑慎德、袁素贞、皇甫国、陈水冰、侯孝琼、王建军、王建勤、葛开骥、刘志澄、蒋月华、李琳

将军学府抗美援朝六十周年纪念大会皇甫国现场献书

2017年11月4日赵朴初先生诞辰110周年诗词书法观摩会皇甫国现场献书

1958年皇甫国与母亲冯宗书、厚妹合影

1980年皇甫国兄妹五人合影：后排左起皇甫仁善、曾耀武（过继），前排左起皇甫仁厚、皇甫国、皇甫仁勇

1964年皇甫国、袁素贞夫妇和成都娘家弟妹合影：后排左起袁运洪、袁运大、袁素群，前排左起袁素蓉、袁运福

2009年春节全家福

2021年6月27日皇甫国86岁生日，夫妇二人于汉口江滩留影

年华似水洗双瞳，记忆如风。抚旧英多少模糊人与事，重来尽境又分明。

乙亥夏月海上杨逸明书

中华诗词学会顾问杨逸明赠书

月白风清绕漾塘，玉立气如兰蕙拂柳，霞于里摇影，幸色丽生帘不染，污泥袭本色，愿作芳州净莲，裹群姝，独蔡滁鲜藕，捧出心中一寸丹

清莲颂 甲午孟夏 桃源皇甫国书于江城

皇甫国书《清莲颂》

Preface 序言

"情融虎旅，笔醉金秋"
——皇甫国诗词读后感

杨逸明

二十多年来，我都是以诗交友，以诗会友，皇甫国兄就是其中一位。先是在"中华诗词学会"的活动中结识了马偕杰大姐。于是我每次到武汉，马大姐定会设宴招待，席间总有皇甫国兄，我们因此相识，互加微信，常有诗词交流。

时光荏苒，马大姐和皇甫国兄竟然先后辞世，我常常为此感伤。有一次，乘高铁经过武汉停站几分钟，我在车上望着窗外，深深怀念这两位诗友。

一晃一年多，皇甫兄的女儿来电话，说是要整理出版其父的诗文集，想请我写个序，语气非常殷切诚恳。还说其父生前对他们谈到过我，对我很是推崇尊敬。我虽然近年来患干眼症，已经推辞了点评和写序的活儿，但是想起与皇甫兄的交往，觉得不写序也对不起他的信任与情义，就应允了。因此，我就有了机会仔细认真读了皇甫兄的全部诗词文章。

皇甫兄是军人，16岁就参军，18岁就上了朝鲜战场，他的诗词写得最多的题材当然就是他的军旅生活。对于当年的回忆，他写在一首《贺新郎·朝鲜战地入党65周年纪怀》的长调词中，"枕戈待旦，素心如月""擎臂誓，铮铮鸣铁""铁马秋风常入梦，顿忘头颅飞雪""莫道征途云水怒，有鲜红党证当胸贴"都是对当年情景的生动形象的写照，读来让人热血沸腾，慨当以慷。

他有一首绝句,写战场的场景非常到位,其中有两句:"防弹敌衫丢满地,衫衫多有弹穿痕。"(《朝鲜停战小景》)写诗不能只写大、写粗,有时更重要的是一些细节描写。这两句诗就非常形象,一个细节描写,能够使人想象得到当年的战斗有多激烈。

他有一首词写部队的备战训练,写得非常生动。《破阵子·部队北上备战》:"塞北天狼肆掠,云南虎旅催兵。怒骑腾空掀洱海,热血填膺筑铁城,男儿气纵横。 雨暮长江饮马,霜晨黄水扎营。千里西风飘大纛,十万强弓射巨鲸,何愁虏不平!"读来不由得使人想起辛弃疾的"八百里分麾下炙,五十弦翻塞外声,沙场秋点兵。"

他是战士,当然有战友。他对战友也是一往情深。有一次他访战友未遇,留下一首小令:"草堂云树拂春风,轻叩烟扉庐舍空,战地华年入梦中。大江东,一样深情两地同。"(《【仙吕】忆王孙·蓉城访战友不遇》)寥寥几笔,写得情景交融,感人至深。

他写自己的家乡,文笔优美,轻松欢快,风景如画。"山村争说免皇粮,翁妪醉斜阳。良辰初嫁东邻女,欢声起、钟鼓铿锵。""夜校沿蹊披月,朝霞上网临窗。"(《风入松·回乡见闻》)九百年前辛弃疾笔下的"醉里吴音相媚好,白发谁家翁媪?"这一对农村的形象大使"翁媪",似乎依然活在当代诗人皇甫国的笔下。古人云:"古今人下笔,往往不谋而合。"此之谓也。

在现今一般人的印象中,常常误以为老干部写诗总是在写所谓的"老干体"。实际上如果写诗没有形象思维,诗就会有点"干"。古人云:"诗有干无华,是枯木也。"老年人写得干巴巴就是"老干体",青年人写得干巴巴就是"青干体",这与是不是干部并无关系。皇甫兄写诗一点不"干",虽然他是一位部队的老干部。他自少年时就写诗,有一首他12岁时写的五言小绝句,是他于1947年9月在天禄中学上初中时的作品,诗写得很清新优美:"皎洁天边月,幽清地上霜。夜阑人不寐,花影度西墙。"(《夜读》)

到了古稀之年以后，他更是孜孜不倦继续下功夫学习诗词创作。《稀龄诗情八首》，记述了他学诗的经历："万卷凝眸诗兴涌，半生回首梦魂牵。"（《耽诗》）"活水琤琮涌碧泉，诗成雀跃若登仙。"（《学诗》）"战士心潮腾永夜，临池柳外晓星残。"（《写诗》）"诗随银箭腾云起，酒伴沧波抱月还。"（《梦诗》）"切磋磨出生花笔，点染红梅欲雪天。"（《改诗》）"吟哦缓步向芳园，姹紫嫣红和露妍。"（《吟诗》）"闲情化作冲霄火，炼石千方补昊天。"（《联诗》）"昆仑披月云涛涌，万点繁星落素笺。"（《炼诗》）读了以上他写自己学诗经历的诗句，看他苦下功夫的劲头和对于诗的痴迷程度，那么对他的诗词创作取得这样的可喜成绩，就会非常理解，也不会奇怪了。

我很爱读他的一首词："悬壁龙泉，映窗红叶，壮词飞上旄头。揽铁军豪句，电闪吴钩。心系神州凤翥，霜染鬓、獭献能休？何妨瘦，情融虎旅，笔醉金秋。　难休，远峰叠翠，征路倚斜阳，脚不停留。举赤旗文苑，更上层楼。争看西山晴雪，寰宇净、梅绽吟眸。凭栏听，军歌震天，涤尽迷愁！"（《凤凰台上忆吹箫·献给〈红叶〉》）

"情融虎旅，笔醉金秋。"说得真好！这八个字不正是皇甫兄一生的写照吗？一位能文能武、铮铮铁骨、雄姿英发的军旅老诗人的鲜明形象跃然纸上，不能不使人肃然起敬，永远缅怀。

这篇序写到此，我忽然觉得有些遗憾，未能在皇甫兄生前就完成此篇好让他过目。但是转而又觉得欣慰，皇甫兄的儿女能理解他的意愿，嘱我写成此序，我也就以这篇短文作为对于皇甫兄的一个纪念。皇甫兄即使在九泉之下应该也能看得到，这一点我深信。

2024 年 3 月 14 日于吴江太湖畔

（作者杨逸明，系中国作家协会会员、中华诗词学会顾问、上海诗词学会顾问）

奇情壮采　婉转铿锵
——敬读皇甫国先生诗词

段　维

　　皇甫国先生是我尊敬的军人和诗人。我没有用"老"字，是因为每次见到他，他都是那样英姿勃发，诗性昂扬。他参加过抗美援朝，退伍后先后担任湖北省军区老干部大学副校长、常务副校长，倾力开设诗词教学班，聘请侯孝琼教授主讲。一次侯教授临时出差，他邀请我应急顶缺，给了我从未有过的给老军人（其中不乏将军级人物）讲授诗词的机会。他总是给予我热情的鼓励和展示的机会，见面还尊称我为"老师"，让我诚惶诚恐。老人家时年八十二岁高龄，创作激情绝对不输二十八岁的青年人。他时有作品成形，便谦虚地来听取我的意见，我也经常不知天高地厚地给他"挑毛病"。在湖北省中华诗词学会成立三十周年时，他作为"诗坛耆宿"入选，需要有人写篇短论。老人家找到我，希望能帮他"完成任务"。我自知没有这个资格和能力，但老人家对我有栽培之恩，我也就断无推脱之理了。

　　诗词的风格常常被硬性切分为豪放与婉约，二者本没有高下之别，但语言的驾驭和意境的营造还是有高下之分的。由于皇甫先生学诗之初就有侯孝琼先生这位名家指导，因而诗路无疑是正确的。他既有豪气凌霄的作品，也有婉转悦耳的篇章，有时在一首诗中还能豪婉兼具。这是一般人很难达到的修为。

　　皇甫先生给我寄来了四十多首诗词，让我按照省学会的要求选择十五首，并加以评论。我按照先诗后词、先短后长的顺序，认真选择了一番。老人家的诗非常雅正，但又善于吸收口语，尤其是绝句，写得婉转动人。我们以诗来鉴：

买药付邮医母病，叠衣忍泪嘱加餐。

稚儿不晓南行事，灯影欢声闹月圆。

——《南征前夕全家度一九七九年元宵》

这本是离别伤感的题材，皇甫先生却通过小儿的无知嬉闹来反衬。王夫之在《姜斋诗话》中说："以乐景写哀，以哀景写乐，以倍增其哀乐。"此诗即是以乐景写哀的例证。

踩日蹬风一溜烟，二三里路两元钱。

筋疲汗滴尘污面，月黑迎门小女牵。

——《麻木》

全诗注重细节刻画，一二句熟练地运用口语，写出了底层民众的悲欢，尤其是结句"月黑迎门小女牵"，读来令人潸然落泪。

皇甫先生的五律与七律，风格有比较明显的着意区分。五律豪婉结合，七律沉郁顿挫。下面我们分别来品味：

车后亲人远，身前玉岭横。

朔风吹澹月，战马踏寒冰。

靖叛云峦越，亲民雪域馨。

珠峰晨旭壮，拉萨啭春鹂。

——《读战友平叛回忆录》

羽檄动雕弓，将军气势雄。

荆江平浊浪，铁旅建丰功。

血肉凝堤坑，壶浆伴花丛。

洪湖春烂漫，常忆战旗红。

——《答荆江抗洪指挥员》

两首五律的前四句可谓"豪"，后四句过渡到"婉"，这中间没有落差，浑然天成。而七律则又别具面目：

零时钟响震南天，玉帐牙旗拂喜筵。
根腐回眸伤叶落，河清额手庆珠还。
百年积垢湔除日，九域欢歌丰乐年！
一瓣心香萦海峡，西楼望月几时圆？

——《香港回归抒怀》

洞庭波涌渚烟秋，子美高怀孰与俦？
拾橡秦州诗带血，漂舟湘水泪盈眸。
黎民瘦骨撑千壑，霸主军声动五洲。
拍遍栏杆凝望眼，红旗影里岳阳楼。

——《登岳阳楼怀杜甫》

两首七律颇有杜甫遗风，庄严端正，语醇韵雅；尤其是尾联，言尽意远，引人思索。

皇甫先生的词，小令婉约之风拂面，长调则豪放之气干云。

小院沉吟鸟不知，春深一卷杏花词，沾衣欲湿雨如丝。　柳絮香尘头已白，清宵淡月意犹痴，风光长似少年时！

——《浣溪沙·读〈杏花词〉》

薰风播绿愁云扫，幽涧鸣春鸟。江山万里早霞红，装点画图南北与西东。

戚颜已伴严冬去，醉倚丝丝雨。髫龄小女两三人，放学归来花片舞缤纷。

——《虞美人·即景》

《浣溪沙·读〈杏花村〉》下阕前两句对仗工整，造句清新，一位痴迷于诗词的老者形象跃然纸上。《虞美人·即景》整体风格和谐，画面亲切可感，尤其结尾"髫龄小女二三人，放学齐邀花片舞缤纷"，着实令人仿佛回到了童真无邪的岁月。如果不加介绍，我们很难想象这两首词出自一位八秩老人之手。

当然，皇甫先生毕竟是老军人，军人的铁血始终在内心澎湃。他的长调总是以难以遏制的激情，呈现奇情壮采。

健步登高阁。动龟蛇，八方云汇，两江潮跃。欧美鹍鸡东岛鹫，齐仰冲天黄鹤。谁尚忆，阿蛮横槊！李白重来挥巨笔，赞今诗妙语惊檐雀。大浪涌，凯歌作。　惊雷怒雨清污浊。祭吴钧，和坤狱冷，蔡京靴落。箫鼓欢呼声声劲，催动神州村郭。纷额手，新酷频酌。万众归心朝北阙，抱成团拧紧降龙索。十三亿，共忧乐。

——《贺新郎·登黄鹤楼感赋》

东海长天，钓鱼岛，神州珠烁。千百载，打鱼张网，鸥飞鱼跃。可惜中华桑梓地，惨遭外寇豺狼嚼。鼠跳梁，"购岛"欲鲸吞，真邪恶！

海图定，疆线确；风舰动，雄鹰搏。揽长缨在手，定擒凶鳄。万箭鸣弦金鼓震，千船竞发渔歌作。沉雷彻，大雨洗膻腥，黎民乐。

——《满江红·钓鱼岛壮歌》

《贺新郎·登黄鹤楼感赋》借登黄鹤楼抒发了诗人俯瞰古今中外的豪情，词中多次用典，但能化典无痕，显示出非凡的捉笔功力。《满江红·钓鱼岛壮歌》写的是现实题材，却能跳出一味泄愤和高喊口号的窠白，与所谓的"老干体"有云泥之别。

上述皇甫先生的小令婉约，长调豪放，并不是一种质性鉴定。老人家常常笔致纵横，风格变幻。像这首《风入松·回乡见闻》走的则是"中正"路线：

山村争说免皇粮，翁妪醉斜阳。良辰初嫁东邻女，欢声起、锣鼓铿锵。小镇花枝招展，清溪绿柳成行。　村民选举喜开场，时彦荐新章。点皴画卷添奇彩，谐鱼水、共建康庄。夜校沿蹊披月，朝霞上网临窗。

这无疑是一首"颂词"，但注意用生动的形象来描绘，摒弃事实罗列，且语言于雅正中佐以新词新语，使全词显得十分灵动，充盈时代气息。

皇甫先生从未满足于现状，也从未停止过探索。最近他尝试用《满江红》词体为老部队的七位英雄各唱一首赞歌，这是一种不小的自我挑战。我之所以没有将其选入十五首之中，是因为我有一个十分顽固的传统理念，那就是"词之为体，要眇宜修"。用长调去叙写一个人的战斗历程，很容易流失词体的韵致。老人家充分理解我、宽容我的执拗。我也由此更深刻地体会到，诗坛毕竟比政坛更雍容大度，更适合我为之奉献赤诚！

登载于2017年10月华中师范大学出版社《荆楚诗坛撷英》

（作者段维，系中华诗词学会乡村诗词工作委员会主任、湖北省中华诗词学会会长，《心潮诗词》评论版主编。华中师范大学教授，法学博士）

捧出心中一寸丹
——皇甫国先生诗词读后有感

吴江涛

"捧出心中一寸丹"是诗人皇甫国先生七律《清莲颂》中的名句，多年前我在某刊读到这首诗："月白风清绽嫩寒，亭亭玉立气如兰。蛙声拂柳霞千里，蜓影穿花雨半帘。不染污泥褒本色，愿偕芳草净尘寰。秋塘残叶凝鲜藕，捧出心中一寸丹。"当诵至尾联时，我反复吟唱，已至能诵。诗如其人，清廉高洁，素为我所钦敬。十年前，在黄陂家乡盘龙城诗会上相识，先生之真诚情怀，儒雅风采，永存心间。逝水年华，先生耄耋高龄，精神健旺，战士本色是诗人。近日拜读先生的一组佳作，顿觉清香盈怀。

皇甫诗翁，十六岁入柳营，少年报国，抗美援朝，雄姿英发。及至凯旋，在部队工作，默默奉献。退休后，又在湖北省军区老干部大学，春蚕吐丝，夕阳灿烂，既当副校长，又做勤务员，为老同志服务，有口皆碑。这二十年瀚海遨游，其诗词、书法，更上层楼。他的书法作品铁骨铮铮，充满静气、正气，于秀雅之中见风骨。他的诗词作品，各体兼备，绝句清新，律诗典雅，词作豪婉结合，以豪放为主体风格。尤其是军旅诗词享誉全国，多次在诗赛中获奖。他的诗"亭亭玉立气如兰"，体现了一位战士诗人"捧出心中一寸丹"的壮美情怀。

他的绝句别具一格，具有鲜明的时代特色。《解放小景》："同志到山乡，村童戏夕阳。学生装首长，牛背动员忙。"口语如童，一片天籁。白描写人，活灵活现。《志愿军撤军回国》："少女赠香囊，归途路正长。鸭江流日夜，永远不相忘！"两首小诗，闪闪发光，将历史的瞬间定格为永恒。朝鲜少女在诗人回国前的联欢会上送手绣牙具袋一枚，上绣"永远不会忘记"。中朝人民的友谊，诗人青春岁月的怦然心动，令人感到温暖。我曾在《诗潮》杂志上点评了皇甫诗翁的七绝《朝鲜停战小景》："轿岩弹雨扫千军，强寇飞车扣板门。防弹敌衫丢满地，衫衫多有弹穿痕。"小诗不小，以小见大，一二句大笔纵横，写战争场面。三句一转，写敌军之狼狈，聚焦于"防弹敌衫丢满地"，尾句特写镜头："衫衫多有弹穿痕。"一首小诗，为历史写照。非亲身经历而又具灵心慧性者，不能写出。

诗人心中永远装着人民。《麻木》："踩日蹬风一溜烟，两三里路两元钱。筋疲汗滴尘污面，月黑迎门小女牵。"诗人关心底层劳动者，用诗笔为他们画像。"麻木"原是本地的一种三轮车，下岗者为讨生活，披星戴月、不辞艰辛地送货运人。首句作者锤炼动词，"踩日蹬风"，拈连手法妙用，精准传神；二句写劳动报酬的菲薄，以数字入诗，形成对比，意在言外；三句白描，其人如在眼前，使我忆起白居易诗中的那位"卖炭翁"；尾句细节描写，写劳动者归来，已是深夜，小女候门，父女相牵，多少亲情，尽在一"牵"之中。淡语深情，催人泪下。

律诗庄重，更见诗人功力。诗人怀念母亲，情透纸背。《回乡忆母》："雾散林园静，人来瓦舍空。抚几萦笑语，端碗现慈容。雨打窗棂急，风摇竹影重。江山添秀色，皓月沐孤松。"首联点题，着一"空"字，黯然神伤。颔联细节描写，慈颜历历在目。颈联写景，情融于景中，空灵蕴藉。尾联结以景句"皓月沐孤松"，皓月象征慈母，松指作者。真情凝铸，诵之，不觉泪湿青衫。

诗人关心国家，从他的律诗中可以感受到赤子丹心，愈老弥笃。《送诗友旅港》："翠柳拂行衣，关山度若飞。携春辞汉水，迎暖仰星徽。总督人何处？英伦日已西。紫荆花下唱，诗贮满囊归。"诗人深谙诗性思维，选取典型意象造境，画面感很强。首联点明题旨。颔联"汉水""星徽"，对仗巧妙，暗点题面。颈联用流水对，问答之间，见作者赤诚襟抱。尾联用"紫荆花"造景，韵味无穷。

诗是诗人的心灵史。从五律《抗美从戎晨登岳阳楼》一诗可见作者少年情怀。"烽火鸭江头,男儿报国秋。邦兴甘后乐,邻破已先忧。日耀洞庭水,云蒸岳阳楼。登临东北望,长啸振吴钩。"首联、颔联用赋体,质朴、庄重。颈联以壮句寓壮怀,堪称壮句。尾联是诗人的自画像,"长啸振吴钩",何等壮怀激烈!何等壮志凌云!何等英姿勃发!令人拍案叫绝!这是军旅诗人的言志之作,青春洋溢,文采风流。

诗人的心与诗圣杜甫是相通的。他在《登岳阳楼怀杜甫》一诗中献上心香:"洞庭波涌渚烟秋,子美高怀孰与俦?拾橡秦州诗带血,漂舟湘水泪盈眸。黎民瘦骨撑千壑,霸主军声动五洲。拍遍栏杆凝望眼,红旗影里岳阳楼。"闻一多先生说:"爱他的祖国和人民,是诗人的天职。"皇甫诗翁的千首作品,有一条红线贯穿其中,那就是"爱国主义精神"。他怀念杜甫,大笔纵横,写出诗圣的铁骨铮铮,民瘼情怀。"诗带血",硬语盘空。"黎民瘦骨撑千壑,霸主军声动五洲。"怀古与忧时相融,更见作者深沉的历史沧桑感和忧患意识。尾联设色鲜明,更见作者造景之功力,可谓独出机杼。

作者的七律得杜甫诗法,章法严谨,对仗工稳,颇多佳句。限于篇幅,摘句共赏:"根腐回眸伤叶落,河清额手庆珠还。"(《香港回归抒怀》)"反对"之妙,可见一斑。"沙场赤胆熔初旭,学府黄牛种晚晴。"(《八秩初度》)"熔""种",炼字之工,境界卓然。"一柱擎红春烂漫,万峰耸碧夏崔嵬。"(《登吉首矮寨天问台》)"一柱"对"万峰",何等笔力!"擎红"更是独创!"烂漫"对"崔嵬",联绵词妙用,令人激赏!"蛙声拂柳霞千里,蜓影穿花雨半帘。"(《清莲颂》)大小相形,语妙境美,瓣香少陵,推陈出新。"踏平叠嶂千番险,望断层楼一串桥。"(《战友来访同登黄鹤楼》)"踏平""望断",何等壮美!此类佳句很多,请素心人细赏。

"天意君须会,人间要好诗。"(白居易诗句)作者历尽沧桑,身处太平年代,歌颂伟大时代和人民,写出了一批充满正能量的优秀作品,令人敬佩!他夜以继日,钻研词学,将龙榆生编著的《唐宋词格律》一书里的词谱全部写了一遍,这是不多见的。他深谙词的体性特征:"词媚"。媚者,流动变化之美;媚者,弱德之美;媚者,修饰之美。作者的小令,既有空灵曼妙之佳作,如《浣溪沙·微雨过湘西凤凰镇》《浣溪沙·读杏花词》等,请诸君品赏;更有奇气横溢,动人心魄之作。我尤爱诵《临江仙·秋夜书怀》:"案上清词流碧,眸中细雨牵丝。虚窗独坐月明时。华年浑似梦,心事有天知。芳沚蒹葭瑟瑟,幽怀憧憬痴痴。长空归雁唳相随。霜娥来作伴,走笔续参差。"这是真正的诗人之作,妩媚多情,难得之珍品。尺幅波澜,心绪苍茫,词人风骨,铿然有声。"霜娥来作伴",语境妙不可言;"走笔续参差",词心唤醒,天人合一,令人拍案者三!

作者的长调作品,大气磅礴,得苏辛词法,又参以姜夔之清空韵致。尤其是他的组词巨制《铁拳战歌》,题材前无古人,激赏更待来日。纸短情长,敬祈雅正。

2017 年 6 月 11 日于有恒斋

(作者吴江涛,系中华诗词学会会员,湖北省中华诗词学会常务理事。湖北省鹰台诗社顾问)

自序：春蚕赋

我仰慕春蚕的品性。它不断吃着桑叶，储备着丰富的养分；不断突破外壳，在蜕变中吐故纳新。倾尽全身之力，吐出素丝如银。织成厚厚的蚕茧，自觉在沸水中献身。牺牲自己的生命，把世界装点得色彩缤纷。

我愿做一只春蚕，为党为人民，将最后一缕银丝吐尽……

1955年5月，难忘的岁月。在停战不久的朝鲜战场，在埋葬着亲密战友的土地上，在鲜艳的党旗下，我高举右手，进行入党宣誓，庄严表示：一定要永远忠于党，忠于人民，英勇战斗，忘我工作，为共产主义奋斗终身！

是党，给予了我政治的生命；是党，焕发了我火红的青春；是党，指引我前进的航道；是党，教育我全心全意为人民。从此，我就在党旗下学习、战斗，度过我生活的分分秒秒。

1990年7月，崭新的人生。40年的战斗历程，到了新的转折点。退休后新的战斗，召唤着战士进行新的远征……

不发"船到码头车到站"的哀叹，不作"朝露去日苦多"的低吟。不做"马路天使"，成天数电线杆；不做"广播喇叭"，议论东舍西邻。

耳未聋，目尚明。心脏还在有力地搏动，热血仍在沸腾。贴肉的衣袋里依然装着一本鲜红的党证！

谁说马列主义过时？谁说毛泽东思想不灵？马克思主义经过历史的风雨，在新时代、新世纪的中国大放光明！

退休前刚考完"全国成人高考"，退休后又重温邓小平理论。紧跟时代，开拓创新，用科学理论武装头脑，奔上新世纪的航程。我这个"理论教员"理论少，还要学习，还要探索，还要在科学的峰峦中继续攀登！

上老年大学，听理论讲座，学政治、学历史、学科技、学电脑、学诗文，近百万字的听课笔记、十多篇老有所学论文，记录了一名共产党员与时俱进的赤胆忠心。

我愿做一只春蚕，为党为人民，将最后一缕银丝吐尽……

不惯闲卧，不会钻营，不在麻将桌上虚耗生命，不在与世隔绝中虚度余生。响应党的号召，遵从党的号令，在退休后的新战地重新扎营。

为了参与完成中央军委赋予的新四军史料丛书的编纂任务，经历了退休前后7个寒暑，到中央军委领导同志题词的"将军学府"（湖北省军区老干部大学）工作，又走过了17年的艰辛历程。

编军史丛书，一柄布伞，一双军鞋；一壶凉白开，一块葱油饼。闯苏北，进北京；飞雪探江汉，风雨下芜城。档案馆里查资料，小巷深处访老兵。字字掂，句句量，一页一篇总关情。白纸变出黑字，青史印证红星。编纂委员会颁发的荣誉证书，对我是多么大的鼓励和荣幸！

做老干部大学副校长，担子真不轻。3~5名工作人员，1000多名学员，130多名老将军。创始人是周世美，皇甫只是一名小兵。三五人，心贴心。一起擦黑板，倒痰盂，烧水扫地，开门关灯。买教材推车轮渡，访老师立雪程门。两个菜包，一杯豆奶，清晨到校路边买；七言律诗，五言绝句，深夜编诗梦里寻。

老年大学讲政治，科学理论作主课，把"将军学府"办成传播先进文化的阵地；

老年大学讲精神，为老将军、老同志服务，无忧无惧，无怨无悔，不怕自己须发白如银；

老年大学讲奉献，十多年不计报酬，越干越起劲；十多年义务写稿，稿费上交，笑盈盈。

我愿做一只春蚕，为党为人民，将最后一缕银丝吐尽……

干休所评我为"优秀党员"，武汉市评我为"老年教育先进工作者""老年教育研究积极分子"，湖北省军区政治部授予我"老年教育突出贡献奖"，总觉得差距很大，不够标准。

90岁高龄的谢胜坤老将军赐送我手种南瓜,老八路文奇大姐赐送我带露庭花,诗人、书法家曹立坚副部长赐送我手书墨宝……都使我激动,振奋,心潮难平!

《新四军战史》后记中称我为"学者",任荣老将军新著《戎马征程》中称我为"老师",可愧煞了我这当年的小初中生!

在军营熔炉百炼,往事如歌,忠心向党;喜祖国华诞六旬,红旗如画,大地回春。

为人民服务,与祖国同行。党员的义务没有终点,兴国的重担由我担承。看四海——建设全面小康,任务艰巨;望五洲——国际风云变幻,征路不平。共产党员肩负着崇高责任!坚冰已经打破,号角已经吹响,道路已经指明,在新时代的新征程上我们继续长征。共产主义是我的终身信仰,奋斗不息是我的行动准绳。

我愿做一只春蚕,为党为人民,将最后一缕银丝吐尽……

皇甫国于何家垅军休所

登载于《老兵放歌颂中华——庆祝新中国成立六十周年》(武汉市军队离休退休干部安置管理办公室编)

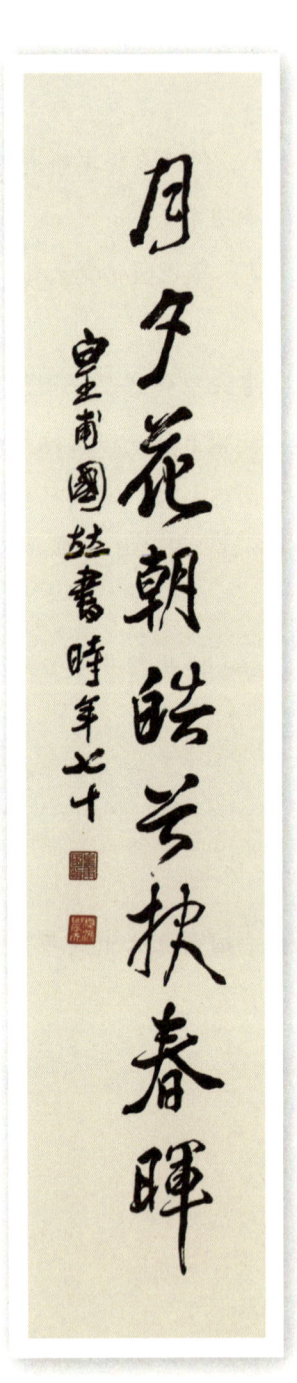

金戈铁马丹心融赤帜　月夕花朝皓首扶春晖

目录

第一辑　岁月如磐
第一章　流光若川 ········· 002
第二章　百炼熔炉 ········· 025
第三章　将军学府 ········· 037
第四章　感事抒怀 ········· 048

第二辑　高山流水
第一章　诗歌聚会 ········· 066
第二章　赠酬唱和 ········· 077
第三章　战友情深 ········· 091
第四章　缅怀纪念 ········· 105

第三辑　时代洪流
第一章　历史风云 ········· 118
第二章　吟诵赞歌 ········· 132
第三章　爱国诗篇 ········· 143
第四章　人物群像 ········· 159

第四辑　世间万象
第一章　旅游见闻 ········· 172
第二章　江山览胜 ········· 190
第三章　咏物寄意 ········· 205
第四章　地方宣传 ········· 219

第五辑　文章选摘 ········· 235

后　记 ········· 258

琴瑟和鸣

第一辑

岁月如磐

第一章

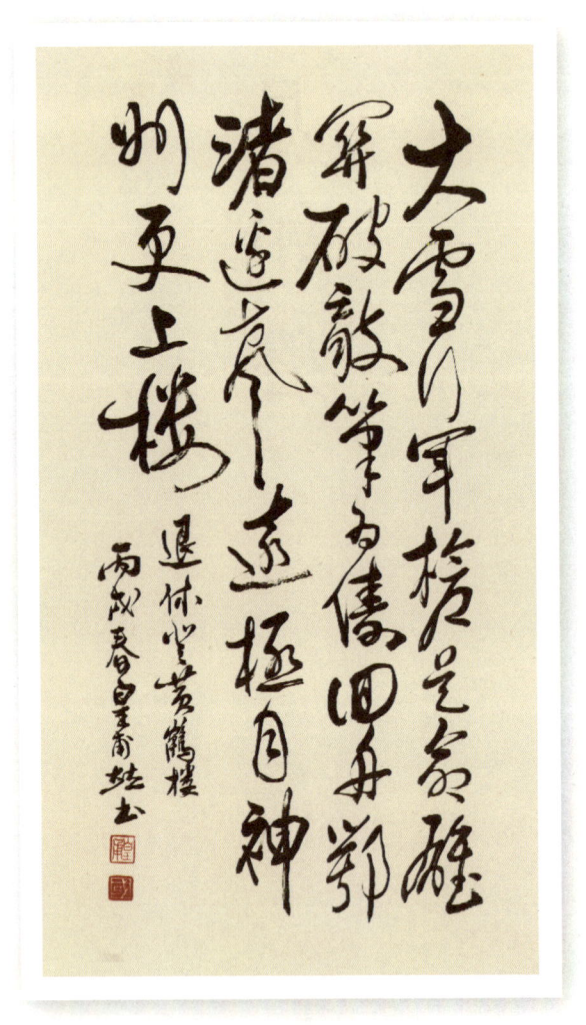

流光若川

退休登黄鹤楼

回乡寻梦记

皇甫国

我家祖居桃源县正街，我出生之前，祖父早逝，家道中落。不到三岁，祖母又故。日寇侵华，县城不宁。1938年下乡，寄居燕子岩外祖父冯梅庵先生家。之后辗转移居李家榜（1938—1939年，3～4岁）、画桥坪姑母家（1940—1949年，5～14岁），初中毕业后又回到燕子岩（1950—1951年，15～16岁）直到参军。土改后我家定居蔡家岭。蔡家岭我回过多次，但一直没有机会看一看童年住过的地方。七十年魂牵梦绕，七十年乡思难忘！

经过多次商议，终于在2009年元月启动了回乡寻梦之旅。元月二日，我和老伴袁素贞、儿子朝晖、儿媳吴洁静和孙女翔宇踏上了回乡的旅途。当日住县城。三日，义军侄找了一辆小面包车，我与勇弟、义军侄及素贞等一行七人下乡寻访。

燕子岩

缠头村妞鬓飞霜，握手微温话夕阳。
燕子多情应识我，盘旋低舞绕身旁。

二十多分钟后，车到外祖父老宅燕子岩。依山屏立的大屋已拆，想找当年的水井、花园、菜圃，皆不可见。只有屋东一方半干的残塘，还静静地躺在那里。我问塘角的土地庙，乡人说原来就坐落在现今的一棵落叶树下。屋前古道已改成公路，气势萧森的一排古柏，已荡然无存。老屋故人何处？勇弟说，塘边默默抽烟的一位老婆婆，就是邻居"小八爷"的"堂客"，看样子有八十多岁，包着头巾，面上布满皱纹。我高兴地同她握手，并合影留念。

钟岩山

楼傍钟岩户半开，雏鸡相逐啄青苔。
乡音袅袅遥呼处，扁担悠悠老友回。

打听天禄中学学友罗廷重，人指钟岩山下小河边一幢二层楼房。面包车颠簸着从正在铺设排水管道的田间小路开到河边。义军侄先下车探视，说人在家。一行人步行到楼前，一少妇说爸爸打豆腐未回。焦急等待中，扁担悠悠，罗已到楼边。双方快步趋近，热烈地握手问候。我赠他两本《将军学府》书画集，互记通信处。挥手告别，不胜依依。

小河水浅浅的，淙淙流过，激起小小的浪花。在我童年砍柴涉水的地方，已架起了石桥，桥边留影，以志今昔。

李家榜

问路村头上翠台，花溪笼雾画屏开。
三椽老屋沉春梦，几缕幽香拂面来。

路旁小店询问李家榜，人说屋后高台便是。登上高台，已无屋宇。回想三四岁时，晨曦照红窗棂，清瘦长着稀疏胡须的老先生教我读《三字经》，我调皮，不好好学，老先生直摇头。除夕夜，屋檐下、天井旁边用萝卜插上蜡烛，父亲虔诚地捧香祝愿，口中念念有词。北面一两里地，哲舅舅家旁有一所小学，我曾踏过溪上小桥去上课。课文好像有"来来来，来上学，大家来上学"之语。而今的李家榜，阡陌纵横，田垄间油菜伸展着绿叶，近处的溪水唱着歌，远山葱茏如画。小吴很高兴，连夸这儿的风景真好，和小宇摆着姿势照相。

蔡家岭

幽径蜿蜒梦几重，依稀慈母倚门东。
抚碑认字人何在？山鸟飞啼万壑风！

车回湖堰村蔡家岭，亲人争到车前迎接。这是一道小山梁，经过百米弯曲的山路，就到勇弟家。以前回家时，踏上山梁，远远就看见母亲坐在门前的竹椅上，向山路遥望。而今竹椅犹在，儿孙欢笑聚首，人已远去！勇弟媳郭学敏杀鸡烹鱼相待，外祖父之孙表弟若岩迎候。善弟媳李如芬从县城回，同忆已故善弟，不胜唏嘘。清平侄女之子邵世杰正读初中，已是英俊少年；义军侄之女翔云年刚三岁，聪慧可喜。饭后沿山麓田埂，来到父母祖先陵前，插上香烛，点燃鞭炮，深情跪拜，以谢养育之恩。小宇磕头后祝曰："愿祖宗保佑我身体好，不感冒，长得高；字写得好，写得和爷爷一样棒！"后一句是她临时创造。众人鼓掌。

画桥坪

七秩归来鬓已斑，画桥烟树尚依然。
童年人事难寻觅，邻妇殷勤馈橘柑。

　　车再开向画桥坪。车到原后花园，一学校围墙遮蔽视线。勇弟忽见八舅妈之媳妇，58岁，却是画桥坪老住户。蒙她介绍得知，原来石狮当户、碧瓦重檐的大宅院已全部拆除。随她穿过围墙，山峦、溪流、画桥豁然在目，景色秀美。原院前宽阔的禾场、水牛喷鼻的堰塘均已填成稻田。花园中方池八角亭已毁，大路穿山而过，古梅、绣球、紫薇、长着红色果实的罗汉松和半山板栗均已消失无踪。当年的长辈和同龄人，大都作古。田里新栽行行柑橘，又是一道新风景。表亲虽初次见面，却非常热情，临行赶来送金色柑橘一袋，情意殷殷。

桃花源

竹树轻摇梦里花，玄亭小憩品擂茶。
连斟七盏风生腋，嘴角噙香醉落霞。

　　旅游胜地桃花源，位于天禄中学（今桃源县二中）附近，是我在天禄读书时经常徜徉吟哦之地。多年以来，我都记得临门牌坊的一副对联——"红树青山斜阳古道，桃花流水福地洞天"。书宗北魏，古朴苍劲，是我的恩师辽东惠慕侠先生题书。山边丛生远近驰名的方竹。

　　书生重来，方竹犹存，先生已去，魏书何在？原有一洞口，流泉幽咽，却并没有"初极狭，才通人，复行数十步，豁然开朗"的通道。如今当真凿出一条洞来，电灯照明，未免有煞风景。我的启蒙老师、桃源硕儒刘祖荣先生，天禄中学文史老师文思先生晚年结庐桃花源，辑录考释有关桃花源的楹联诗词、典故轶闻，对传扬桃花源文化做出了重要贡献。作为其弟子，我深以为荣。最使人难忘的是在玄亭喝到了久违的擂茶，香透齿颊，风生双腋，不忍离去。

2009年1月27日记
2010年2月2日补充修改

五十咏怀五十韵（1985年）

出生县正街，襁褓蒙娇惯。
少小家中落，处处人使绊。
挥泪别慈母，负笈沅江畔。
神驰桃花源，数见桃花灿。
意气比天高，一书常作伴。
红旗卷江南，云开天地换。
拥军筹公粮，斗米赏珠算。
抗美誓从军，文凭有贡献。
初登岳阳楼，倚天抽长剑。
岭南风物美，佛山冬阳艳。
战鼓声声急，本溪雪扑面。
热血壮河山，赴朝坐闷罐。
坑道刻地图，烛光昏又暗。
炮声当伴奏，工作忘吃饭。
敌机俯冲下，打字声不断。
《志愿军一日》，短文选入卷。
朝鲜六寒暑，入党又提干。
长驱入巴蜀，"步校"把武练。
缙云霞似锦，南泉瀑如练。
山城结良缘，鸳侣人嫉羡。
下乡去江北，同榻贫老汉。
油灯夜一诗，渝报名曾见。
蓉城会群英，红花胸前绽。
动乱风雨急，出川旋入滇。
烽火燃塞北，驻防黄河岸。

第一辑 岁月如磐

基层去取经，"军大"去充电。
批判"四人帮"，曹园磨铁砚。
走笔迎晨雪，凝眸送秋雁。
南陲边声动，请缨再参战。
版纳彤云低，谊关兵气现。
回长秘书处，全处同心干。
柴米油盐事，时刻都在念。
草檄风侵袖，檐前冰成串。
长跑常在前，乒赛亦得冠。
黄鹤归江渚，飘然来武汉。
受命秉史笔，编写《烈士传》。
复撰《新四军》，日夜查档案。
全家聚江城，老友时来看。
年长心更热，伏枥体犹健。
道路从头越，知识拼命灌。
五十赴高考，活水注清堰。
夜静对春灯，傻劲惊乡愿。
读书还用书，有书即无怨。
扪心常自省，处世求至善。
常忆外祖冯，引路窥文殿。
常忆慈母恩，仁爱永垂范。
朝鲜停战后，秋深红叶遍。
常忆好战友，牺牲美炸弹。
大道修且远，奋进莫怠慢。
一鹤矫长空，朝霞倍璀璨。

登载于 2001 年 5 月华龄出版社《中华自咏诗词精选》

童年四章

初学插秧

秧田镜面开,总怕蚂蟥来。
赤脚春泥润,新苗信手歪。

解放小景

同志到山乡,村童戏夕阳。
学生装首长,牛背动员忙。

化装游行

烟袋帽瓜皮,工农商学齐。
化装迎解放,认出我为谁?

初次站哨

风摇枝影动,鼠窜野猫鸣。
班长来查哨,挺身言"不惊"。

登载于2018年第2期《金秋诗刊》(济南军区老战士诗词学习研究会主办)

夜读
1947 年 9 月

皎洁天边月，幽清地上霜。
夜阑人不寐，花影度西墙。

登载于 2003 年 10 月国际炎黄文化出版社《中华当代绝句选粹》

编者按：该诗为作者在天禄中学初中时的作品

返参军前故居

抛家仗剑闯边关，歌罢大风头未斑。
庭树撑天枝胜铁，清溪绕户水犹寒。

登载于 2004 年 12 月中国文联出版社《当代百家绝句精华》

浣溪沙·重过抗美援朝出征地广东佛山

一跃神州路八千,鸭江飞渡凯歌旋。朱颜壮志忆华年。
红豆紫荆依广厦,轻车大道振征衫。倾听故事说春天。

登载于 2005 年中国文联出版社《当代山水诗词精品集》

援朝参战前咏燕

花堤紫燕飞,俯仰逐芳菲。
爽利穿云影,呢喃唱晓晖。
岭南毛羽奋,朝北鸷鹰围。
时刻磨双剪,长天万里驰。

登载于 2010 年第 4 期《武汉诗词》

忆朝鲜战场文印组战斗生活

援朝抗美献精忠,轰炸声中胆气雄。
铁笔挥时鹰展翼,阵图印处虎生风。
五旬岁月天难老,万里河山春愈浓。
战线南移齐雀跃,征程回首夕阳红。

登载于 2004 年 2 月解放军文艺出版社《红叶(第二十八辑)》

忆援朝（一）

魔影枪声闯鸭江，白山绿水沸腾骧。
照明弹亮军行急，报话机鸣敌遁忙。
战线南移疲虎泣，凯歌东唱卧龙翔。
平时勤把吴钩拭，庆父犹存鲁乱猖。

登载于 2007 年 7 月解放军文艺出版社《红叶诗词十年选》

忆援朝（二）

飞车北上振长缨，六载挥戈铸太平。
银发杖朝人未老，龙泉时在壁间鸣。

登载于 2020 年第 4 期《武汉诗词》

雨夜寄援朝战士

卅年风伴雪，相知岂在诗。
江南春雨暮，忽忆请缨时。

登载于 2006 年第 10 期《文化月刊诗词版》

重温入党誓词

1955年5月我在朝鲜入党时曾作《朝鲜战后入党感言》诗。今在社区老年大学举行党员宣誓，心潮激荡，步当年原韵，作诗一首。

后乐心常记，先忧夜不眠。
草萌焚后碧，梅老雪中丹。
逝水嗟貔虎，东风拂斧镰。
初心溶骨血，勤灌百花妍。

附 1955 年原诗：

硝烟寻散尽，烈士已长眠。
战地秧苗绿，榴花五月丹。
青春安社稷，壮志仰锤镰。
要把胸中血，全融赤帜妍。

登载于 2006 年 6 月解放军文艺出版社《红叶（第三十三辑）》

贺新郎·朝鲜战地入党 65 周年纪怀

前线烽烟歇。卫和平,枕戈待旦,素心如月。战地秧苗吹绿毯,弹壁榴花秀靥。擎臂誓,铮铮鸣铁。奋斗终身忠于党,为人民献出盈腔血。薪火继,不磨灭。　　驱瘟禁足情怀切。喜凝眸,垂杨万缕,藕花千叠。铁马秋风常入梦,顿忘头颅飞雪。迎浊浪,苍颜勃发。莫道征途云水怒,有鲜红党证当胸贴。朝北斗,再腾越。

登载于 2020 年 11 月《中华诗词》

受领志愿军抗美援朝出国作战 70 周年纪念章

利箭穿空耀日星,高飞白鸽展银翎。
青春热血浇花发,金达莱开五瓣馨。
双手捧章心激扬,几多烈士卧沙场。
幸存垂老豪情壮,报国丹心系远疆。

登载于 2021 年 2 月《中华诗词》

三八节忆母

三八凝眸忆母亲，无私哺育历艰辛。
深宵缝补油灯暗，老圃薅锄玉掌皴。
子赴疆场驱逆虏，娘依病榻盼归人。
凯旋惊悉乘云去，遥望山乡泪湿巾。

登载于 2021 年 6 月华中科技大学瑜珈诗社出品《瑜伽诗苑——庆祝中国共产党百年华诞 2021 仲夏诗会》

编者按：1978 年，传来皇甫国母亲生病的消息，之后病情逐渐加重。当时南方边境形势紧张，部队加强战备，未能回乡去母亲床前探视。至 1980 年元月皇甫国任务完成，本以为可以过一个团圆年，可是天降大雪，气温骤降，母亲病情急转直下，于 1 月 12 日下午 5 时溘然长逝。

成都探妻弟妹，诗以记之（三首）

十日亲情醉远郎，廿年风雨怎能忘？
依稀梦里归家路，常觉蓉城亦故乡。

弟兄姊妹聚晴窗，携手牵衣话沧桑。
少小六人今十六，欢歌笑语满华堂。

娇娃弱弟喜成材，嫩蕊逢春次第开。
愿化春泥助花茂，嫣红姹紫出墙来。

登载于 2004 年 12 月中国文联出版社《当代百家绝句精华》

下连当兵途中口占
1962 年 5 月

风吹原野绿，日暖物华新。
蜀道连霄汉，湘歌遏白云。
四川添锦绣，七尺正青春。
连队多师友，熔炉炼铁人。

登载于 2004 年 2 月解放军文艺出版社《红叶（第二十八辑）》

渔家傲·学开坦克
1978 年 4 月

豹虎环窥尘霾暗，战车怒吼山河颤。不惑年华新铸剑，拼血汗，以身许国情无限。　"天下太平"何漫漫，匈奴未灭边余患。夜夜枕戈常待旦。风云卷，飞驰铁马遮天半！

登载于 2007 年 11 月解放军文艺出版社《红叶（第三十六辑）》

念奴娇·六十迎春书怀

桃符红彻。正江渡梅柳，灯辉星月。放眼时空胸坦荡，我亦寻常行客。策马追风，停车草檄，岂惜男儿血！矢忠黎庶，半生心铸如铁。　壮志敢让当年，云山迢递，花甲重腾越。报国情深人未老，誓振秦关汉阙。四海醒狮，五洲逐鹿，肝胆今尤烈。大潮澎湃，喜看千舸竞发。

登载于 1995 年《当代诗联选》内刊

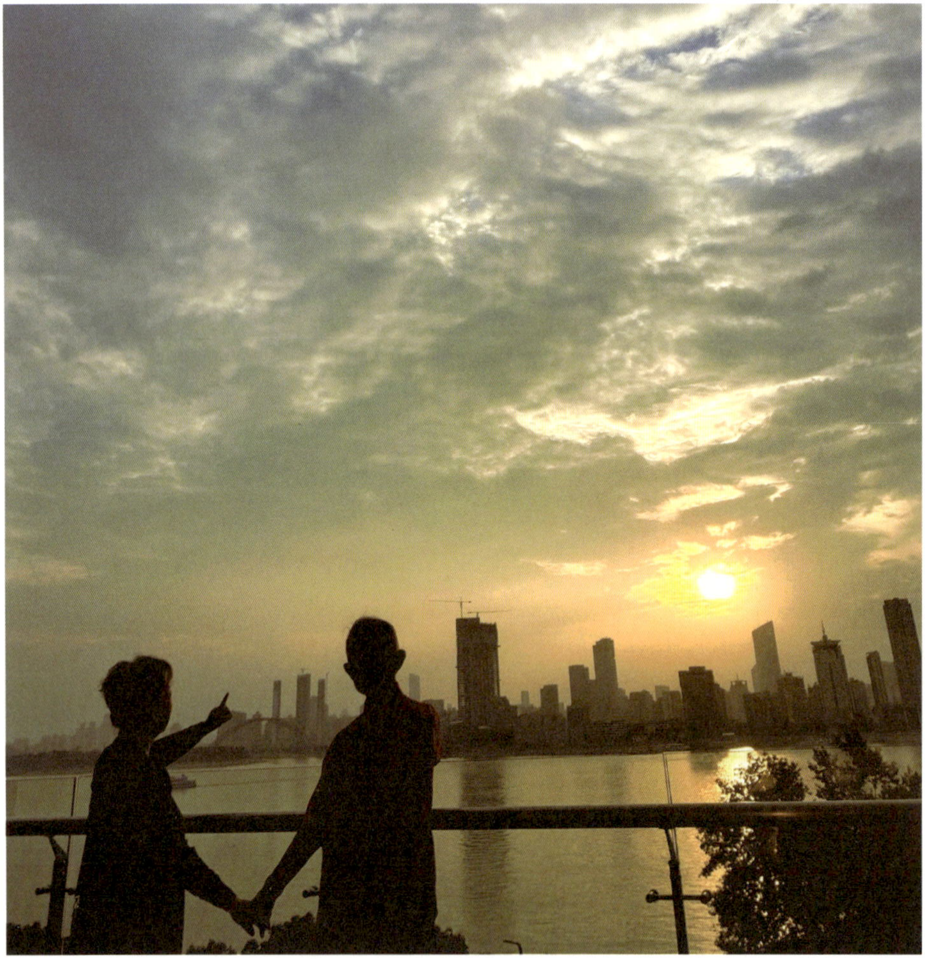

退休登黄鹤楼

大雪行军枪是命，雄关破敌笔为俦。
回舟鄂渚边声远，极目神州更上楼。

登载于 1995 年《当代诗联选》内刊；2019 年 12 月中国书籍出版社《军旅诗词汇编：军旅诗钞》下编

回乡忆母

雾散林园静，人来瓦舍空。
抚几萦笑语，端碗现慈容。
雨打窗棂急，风摇竹影重。
江山添秀色，皓月沐孤松。

西江月·江畔与妻同行有作

携手徐行沙软，挨肩小坐花香。卅年风雨不寻常，总是相依相傍。
浩瀚满江秋水，轻盈初见衣裳。休言夕照逊朝阳，瞧这炽热模样！

登载于 2003 年 9 月吉林人民出版社《中华老人诗文书画作品集》

桃源县水溪建国同学劝饮擂茶喜赋

戎衣不解战天涯,偶遇身披洞品霞。
举碗擂茶香四溢,殷勤再约看桃花。

登载于2004年8月华夏翰林出版社《类编中华诗词大系·物部·茶酒卷》

齐天乐·金婚与贞重访西师[①]

叶飘秋雨丝丝细,山深夜寒侵被。淅沥声敲,朦胧梦醒,絮语当年情事。初逢北碚,正新月如钩,欲迎还避。握手微凉,似曾相识两心许。　　双飞又来故地。白头寻旧迹,多少回忆!素羽翩翩,霓裳灼灼,依旧回旋旖旎。风涛半纪。看波暖潮平,夕阳新霁。百鹤翔空,缙云芳草荟。

注:①西师,原西南师范学院,今西南大学。1962年,贞在西师音乐系毕业,同年我俩结婚。2012年,我随贞回西师参加毕业50周年同学会。

登载于2013年第1期《鹰台诗词》(湖北省老年人大学鹰台诗社编)

八秩初度

楼船夜渡振长缨，六载援朝胆气横。
烽火椰林戎帐静，林泉梦泽汉江清。
风云赤血熔晨旭，学府黄牛种晚晴。
八秩驰眸情切切，奋蹄黉苑再深耕。

登载于 2015 年第 5 期《湖北诗词》

临江仙·56 年后回到成都故里

涸辙相依濡沫，穷途度尽泥泞。长街寂寞互支撑。牵衣人六个，幼弟仅三龄。　　蕉雨芳园消夏，荷风锦里流莺。祖孙三代聚华庭。姐夫称"合格"，惭愧获殊荣。

登载于 2018 年第 5 期《湖北诗词》

生日偶书

月隐东湖露气清，枝垂陆橘果晶莹。
儿孙碧盏斟欢笑，甥舅红包祝谧宁。
八十三年疑已老，寻常征路未休兵。
战尘犹染军装绿，夜夜龙泉壁上鸣！

登载于 2019 年《江汉潮声——庆祝中华人民共和国成立七十周年诗词专辑》（武汉市江汉区老年大学、江汉区诗词学会编）

随分校笔友到社区写春联

联袂同临智慧家，青毫初试静无哗。
大红春帖纷呈瑞，浅草霜根欲发芽。
里巷乡亲围指点，耆年笔友墨横斜。
天蓬值岁情何限，欣看社区开百花！

登载于 2019 年第 2 期《武汉诗词》

佩戴"光荣在党 50 年"纪念章

五十春秋气贯虹，锤镰指路乘长风。
敢将热血融红纛，誓为黎民献素衷。
破浪披霞沧海日，凌霜爱晚麓山枫。
初心熠熠胸前耀，注目天狼再挽弓。

登载于 2021 年 6 月华中科技大学瑜珈诗社出品《瑜伽诗苑——庆祝中国共产党百年华诞 2021 仲夏诗会》

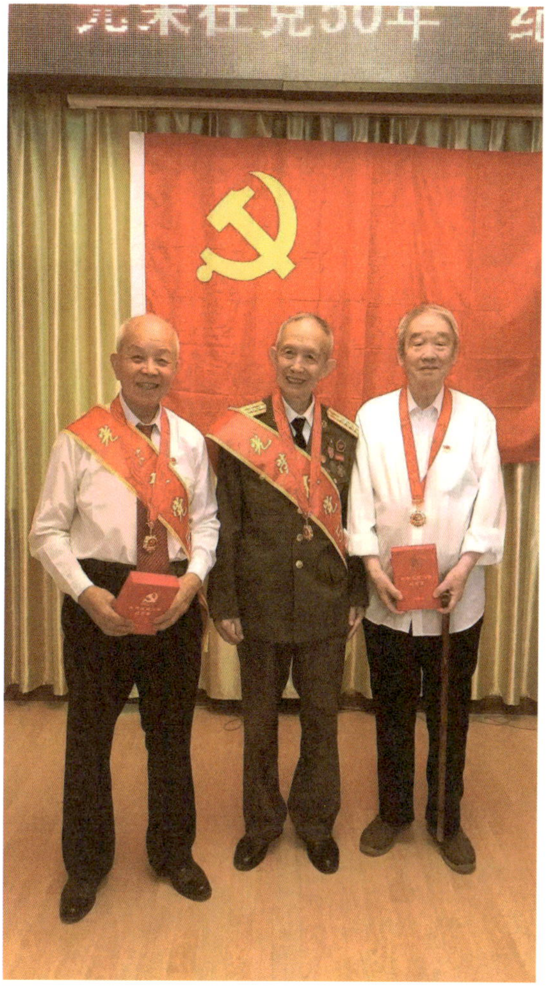
荣在党50年

对月有思

同胞兄妹五，零落独吾存。
孤对冰轮影，频悲燕雁痕。
经霜人似菊，扫霾月如暾。
屈指抓来日，熔诗铸国魂。

登载于 2020 年 11 月中国文化出版社《洪山诗苑集萃（一）》（武汉市洪山老年大学编）

八五生辰将至在儿女陪同下与老伴游森林公园

方塘云影鉴遥天，溪午山深见鹿穿。
儿女相随临八五，诗书作伴度三千。
青春激荡援朝录，烽火铿锵伐房篇。
庚子关头抬望眼，无求无悔度余年。

登载于 2020 年 11 月中国文化出版社《洪山诗苑集萃（一）》（武汉市洪山老年大学编）

第二章

百炼熔炉

远海军演划聘舰艇长，逐浪大洋追月剑啸东风。惊雷震空体长琛馆越洪波瀚男儿热血筑梦。强军齐撼抖擞看精兵劲旅英雄列镣镣擎柱国揭回眸绝路豪情佛最雄总南至赤拂井冈黄武五岭鸟蒙锈俯首十八年轮俱减兴旧旬红梅傲雪九硗沧桑寰宇换靠钢，揽拱南平秋叶爱似绵肩九铁

贺新郎·纪念建军九十周年
丁酉夏日 皇甫国并书

贺新郎·钢枪拱卫千秋业

贺新郎·钢枪拱卫千秋业
——庆祝建军90周年

远海军歌烈。骋艨艟、长天逐浪,大洋追月。剑啸东风惊雷震,立体长城谁越?洪波涌、男儿热血。筑梦强军齐抖擞,看精兵劲旅英雄列。锤镰举,壮图揭。　　回眸征路豪情沸。最难忘,南昌赤帜,井冈黄钺。五岭乌蒙齐俯首,十四年倭歼灭。兴禹甸、红梅傲雪。九秩沧桑寰宇换,靠钢枪拱卫千秋业。霞似锦,肩如铁。

登载于2017年第3期《湖北诗词》

破阵子·记空降兵实战演练

火力铺天盖野,雄鹰蓦地临空。勇士、战车天际落,小件连投补给丰①。硝烟卷飓风。　　直指儿皇巢穴,顿挫霸主凶锋。越点猛攻金鼓震,疾进围歼烽火熊。神兵建伟功。

注:①小件连投是空降作战物资补给的有效办法。目前国外一次最多为22个,我空降部队在国产飞机上可连投30个小件,并将人员、武器、弹药等混装混投,创造了世界空降兵的新纪录。

登载于2001年7月解放军文艺出版社《红叶(第二十三辑)》

浪淘沙·我国海军舰艇编队首访欧洲感赋[①]

横跨大西洋,赤帜高扬。凌波"深圳"伴"丰仓"。浩浩长风航舵正,稳渡沧浪。　　外舰太凶狂,往事堪伤。秦砖汉瓦泣斜阳。今日碧瞳争迓客,敬我炎黄!

注:① 2001年8月23日,我国海军舰艇编队由"深圳"号导弹驱逐舰和"丰仓"号远洋综合补给舰组成,首次出访欧洲。航程23 000多海里,历时85天。

登载于2002年7月解放军文艺出版社《红叶(第二十五辑)》

南歌子·甲申年寄语

寄边陲老将

谈笑摧顽虏,风雷赋戍诗。边疆反击捷音驰。蕉径椰林处处惹神思。

寄战略研究工作者

海峡涛声杂,天涯魅影迷。翻云覆雨大王旗,挥洒万言倚马望虹霓。

寄军旅电视剧作家

史剧荧屏著，雄词剑气浑。中原风雨酿朝暾。期盼猴年彩笔铸华魂。

寄战友

鸭绿江波碧，南疆战鼓鸣。劈风破雨斩长鲸。常念并肩别后总关情。

登载于 2004 年 12 月解放军文艺出版社《红叶（第三十辑）》

水龙吟·赞抗洪英雄子弟兵

悚然地裂天倾，三江狂泻蛟龙舞。扑堤掠垸，毁田冲舍，民心翻煮。战马萧萧，红旗猎猎，雄师如虎。把家邦危难、黎元重托，记牢在，心深处。　　万叶轻舟急渡。救生衣，解推翁妪。浪尖筑坝，漩涡排险，气吞寰宇。不倒长城，安澜磐石，雷锋无数。庆洪魔俯首，银河碑立，勒英雄谱。

登载于 2003 年《武昌民间艺术作品选》

鹧鸪天·贺中国导弹部队四十华诞

神剑窥洋摩晓星，仿真作战缚长鲸。深山大漠磨霜刃，破石惊天筑铁城。　　搜信息，育精英，盾牌高举卫和平。芳华四十春风劲，万朵葵花向日倾。

登载于 2007 年 5 月解放军文艺出版社《红叶（第三十五辑）》

记老兵退伍

情满柳营初试马，心怀虎旅再凌云。
笛鸣挥泪行行远，战友时时系梦魂。

登载于 2011 年总第 9 期《边塞诗刊》（兰州军区兰州老战士大学边塞诗社主办）

渔家傲·记"北剑-2005"军事演习

大漠黄云奔铁马，红蓝对决青天下。信息交兵争使诈，偷乘夜，临空轰炸狂涛泻。　　抢占先机声叱咤，风雷滚滚惊平野。狭路相拼赢了也！人民借，义师无敌安华夏。

登载于 2012 年 6 月解放军文艺出版社《当代军旅诗词奖获奖作品集》，获优秀奖。

临江仙·八分钟

楼塌崖崩山路失，芦山震落晨星。水停电断哭声声。中军帐里，号令动群英。　电掣风驰奔铁马，飞尘一路红旌。八分钟内现天兵。高呼"给力"，黎庶泪花倾。

注：据新华社 2013 年 4 月 21 日电称，雅安芦山从地震发生到救援部队集结，中间只隔 8 分钟，网友纷纷大赞"给力"。

登载于 2013 年第 4 期解放军文艺出版社《红叶》

渔家傲·"中国枪王"颂

在 2016 年 5 月澳大利亚国际陆军轻武器技能大赛中，54 集团军猛虎中士班长陈坤鹏勇夺三金四银，被誉为"中国枪王"。

高手如云来海澳，钢枪铮亮寒光耀。旗灿五星风怒啸。一跃矫，雄姿稳击枪声叫。　五发弹丸归一窍，掌声雷动惊鸥鸟。"中国枪王"谁敢挑！齐称好，猛虎出山神州傲！

登载于 2016 年第 3 期《金秋诗刊》（济南军区老战士诗词学习研究会主办）

颂 54 集团军红军铁甲旅在湖北孝昌、孝感抗洪抢险

澴沦频告急,忧患寸心同。
将士盈川绿,军徽夹岸红。
长城坚砥柱,铁旅铸殊功。
赴难忘生死,丹忱总向东!

登载于 2016 年第 3 期《鹰台诗词》(湖北省老年人大学鹰台诗社编)

【越调·寨儿令】边哨雪

冻土坚,朔风寒,杨花扑枪凝铁肩。霞染银山,人伫银山,哨所鸟声喧。戍边疆,虎踞龙盘。望家乡,梦绕魂牵。　青春捧呈红土地,肝胆珍惜绿衣衫。看,雪霁春色醉江南!

登载于 2016 年第 3 期中华军旅诗词丛书《红叶》

破阵子·部队北上备战

塞北天狼肆掠,云南虎旅催兵。怒骑腾空掀洱海,热血填膺筑铁城,男儿气纵横。　雨暮长江饮马,霜晨黄水扎营。千里西风飘大纛,十万强弓射巨鲸,何愁虏不平!

登载于 2016 年第 3 期中华军旅诗词丛书《红叶》

行香子·五大战区成立步徐红将军原玉

塞北江南,动地惊天。一声令、谋远思全。拢沙筑塔,聚指成拳。看九州红,重霄碧,五洋蓝。　　马嘶风吼,斧闹镰宣。奋战旗、振起群贤。铁军钢帅,锐旅新编。定家邦固,嚣尘净,弟兄圆!

登载于2016年第3期中华军旅诗词丛书《红叶》

塞上秋吟

营寨黄花老,雁归寒露天。
枕戈听夜雨,待令警鼾眠。
曲曲边关路,依依故里烟。
红枫燃紫塞,烧赤万山巅。

登载于2019年第1期中华军旅诗词丛书《红叶》增刊

渔家傲·朱日和大阅兵

列阵沙场肝胆壮,万人呐喊惊雷响,赤帜高飘平野旷。军徽亮,气吞河岳全球仰。　　丹悃在胸军向党,青锋出鞘民无恙。立体长城华夏仗。雄风荡,三军勇锐谁能挡!

登载于2017年第4期《金秋诗刊》(济南军区老战士诗词学习研究会主办)

【中吕·山坡羊】战舰出海

凌波催浪，扬旗高唱，艨艟出海深蓝漾。惩凶顽，护家邦，中华寸土谁能让！捉鳖沧溟张大网，军，挥巨掌！民，挥巨掌！

登载于 2017 年第 4 期《武汉诗词》

【越调·天净沙】老兵

金陵驱尽昏鸦，布衣泥腿当家，卸甲重登战马。大红旗下，扬鞭直指天涯！

登载于 2017 年第 4 期《武汉诗词》

雨霖铃·戊戌清明瞻仰武汉九峰山烈士陵园

寒风凄切。望连峰九，破晓车发。心潮激荡胸际，擂千叠鼓，訇咚相接。路转青峦碧嶂，现雄士陵阙。踏墓道，开步轻轻，敬读碑铭遍身热。　　初心不忘情怀烈。继基因，尽注炎黄血。忠魂永铸华夏，坚信念，气吞凶孽。灿烂群星，高照、青山绿水新辙。雾霭散，霜柏云松，矗耸重霄列。

登载于 2018 年第 2 期《武汉诗词》

破阵子·习主席向全军发布训令

北国沙场飞雪，雄兵心楫凌潮。旗卷狂飙惊寇虏，令震长空慑厉妖。精钢砺快刀。　　统帅人人仰望，男儿个个英豪。实战强军齐奋力，决胜明天总聚焦。熊熊烈火烧！

登载于 2018 年第 1 期中华军旅诗词丛书《红叶》

沁园春·习近平主席南海阅兵感赋

志满旗扬，南海春深，大浪排山。涌如虹舰阵，凌波卷雪；冲霄军乐，动地惊天。潜骋鲸鲵，疾驰龙马，展翅银鹰云彩穿。深情问，喜官兵统帅紧紧心连。　　强军新纪挥鞭，看浴火涅槃更向前。正鸥欢风暖，千帆竞发；霞妍日丽，万舸争先。大步趋潮，丹心护海，勇闯汪洋翯赤幡。涛头立，靠核心舵手，定海安澜。

登载于 2018 年第 2 期中华军旅诗词丛书《红叶》

【正官·汉东山】我国第一艘国产航母交付海军

清风瑞气萦，暖日满旗升，国歌动地鸣。振奋也么哥，统帅庄严阅豪英。母舰横，云水兴，海翻腾！

登载于 2020 年第 1 期中华军旅诗词丛书《红叶》

海防四篇

清平乐·守岛

涛声依旧，守岛腰身瘦。海上风霜眉未皱，待到天荒时候。那时燕子纷飞，双亲别泪轻挥。十载征衣未解，岂容敌舰迂回。

临江仙·戍守永暑礁

永暑礁盘何处是，碧波万里魂牵。战机插上白云巅。爱他风浪涌，戍守一年年。　　沧海多情留我驻，任凭明月扶肩。军徽镶嵌海疆前。西风欧雨里，不皱是心弦。

念奴娇·戍海

红旗半卷，问谁称海上，千秋人物。甲午悲歌残照里，休向关楼题壁。折戟沉沙，凄风苦泪，此恨何时雪？狼烟未熄，枕戈犹待雄杰。

战舰棋布星罗，巡航演习，导弹冲天发。万里南沙勤守护，一任鸥飞云灭。拍岸惊涛，精忠卫国，莫叹萧萧发。倚舷长啸，营门独抱明月。

清平乐·巡逻

星悬子夜，寂寞无行者。十载青春凭铁打，烟雨一蓑谁怕？巡逻海岛之中，军旗猎猎凌风。蓝色国门坚守，钢枪岂让云笼。

登载于 2019 年第 1 期《武汉诗词》

己亥吟春
——敬步林峰先生原玉

除岁又闻军号声，林泉难忘战旗红。
春灯哨所边山远，夜雨云涛岁月更。
拱户金猪嘶老骥，登枝翠鹊报新晴。
何妨鬓发繁霜染，梦里挥戈意纵横。

登载于 2019 年第 1 期中华军旅诗词丛书《红叶》

"八一"书怀

凄厉哀嚎动白宫，劫波灭顶泣寒虫。
屠刀高举窥华夏，毒计频施刮孽风。
枪筑长城钢铁固，旗飘镰斧艳阳红。
卫邦何计须眉白，抖擞征袍再挽弓。

登载于 2020 年第 3 期《武汉诗词》

第三章

将军学府

汉宫春·将军学府廿年校庆

满庭芳·将军学府工作人员之歌

黄鹤楼下，晚霞生辉。老将军七十余人，就读于湖北省军区老干部大学，人称"将军学府"。这所五百多学员的老年大学，仅有工作人员三人，都是部队离退休干部，坚持义务劳动，已届十年。集体研作《工作人员之歌》，皇甫执笔记之。

学苑花繁，将星云集，弦歌鄂渚飞扬。老兵舒袖，服务敢辞忙？办校从无到有，献绵薄、桃李盈墙。乾坤换，痴情不改，甘自鬓添霜。　　常常。迎侍送、红军学友，八路书郎。喜银发元勋，再写辉煌。愿化春蚕作茧，丝缕缕、尽绣斜阳。心潮涌，惠风和煦，霞染楚天苍。

注：周世美、马仁钧、皇甫国是"将军学府"（湖北省军区老干部大学）的工作人员，部队师职离退休干部。

登载于1999年8月《秋圃挽霞集——全省老年大学学员诗歌作品大赛获奖作品》，获二等奖，该书为中共湖北省委老干部局、湖北省老年大学出版内刊

沁园春·弥生泉[1]将军赞

鸭绿云飞，热血青春，万里迅风。策长嘶怒骥，奔腾南北；联翩车驾，演战西东。黄水安营，长江饮马，壮士阵图气势雄。杏坛筑，育万千桃李，绛帐春浓。　　晚霞别样鲜红，办大学耆年剑气冲。铸军魂强校，声扬华夏；文采流波，光耀苍穹。黎庶萦怀，鞠躬尽瘁，十载辉煌岱岳崇。征程远，望海天烽火，再跃青骢。

注：①弥生泉，湖北省军区老干部大学校长，全国先进老年教育工作者，湖北省"感动荆楚"十佳老人之一，广州军区、湖北省军区先进老干部。

登载于2015年第3期中华军旅诗词丛书《红叶》增刊

七律·乙亥中秋呈严政老将军

红缨铁戟起巴山，涤荡妖氛指顾间。
齐鲁阵云羁寇辔，建康征纛卷王冠。
心牵华胄同明月，志系神州谱壮篇。
蟾影婆娑丹桂落，馨香馥郁醉人寰。

登载于1996年11月解放军文艺出版社《红叶（第十四辑）》

甲申年迎春试笔

银羊欢跃献丰收，荡垢澄埃起圣猴。
动地高歌销地煞，巡天伟杰骉天舟。
擎旗热血风云会，创业豪情世纪遒。
雨润田膏春叩阆，老兵俯首作孺牛。

登载于 2004 年 12 月解放军文艺出版社《红叶（第三十辑）》

和将军学府诗词班晏炎吾教授《斥肿瘤》

1999 年 7 月

笑对痈瘤发朗吟，剖肝沥胆作诗人。
浮云生死胸襟阔，雨露亲朋旨酒醇。
八斗诗才传细柳，三千弟子跋高岑。
秋风老马心犹壮，昂首长嘶动夕曛。

晏炎吾原诗《斥肿瘤》：

贼民以逞不知羞，饕餮生成号肿瘤。原来寄存偏害主，却因叨惠反为仇。神刀指处毒根净，正气扬时狡伎休。奉告世人须警惕，穷追莫使再回头。

登载于 2005 年 6 月解放军文艺出版社《红叶（第三十一辑）》

水龙吟·老将军回忆当年

楚天霞灿春浓，将军学府[①]弦歌醉。龙泉劲舞，狼毫新试，鸡窗早起。射虎弓存，牧羊节在，再摇征辔。梦当年烽火，神驰抗大，书声朗，枪声脆。　　休说山窑破敝，却惊传，平倭宏议。石台论道，银锄开岭，硝烟飞骑。宝塔凌空，黄河泻日，而今何似？正风云怒涌，五洲逐鹿，长英雄气。

注：①湖北省军区老干部大学，有140余名老将军先后在校学习，1996年，时任中央军委副主席刘华清等领导题词，誉为"将军学府"。

登载于2005年12月解放军文艺出版社《红叶（第三十二辑）》

汉宫春·将军学府廿年校庆

黄鹤高歌，喜将星成阵，争耀黉宫。沙场无敌，暮年重跨青骢。无涯学海，锦帆张，破浪乘风。挥巨笔，晴空泼墨，豪情洒遍寰中。　　新纪从头飞越，任关山万叠，啸虎腾龙。明时操戈砺剑，小试霜锋。青春二度，问何人，有此心胸？笙管动，翁婆齐庆，楚天瑞气融融。

登载于2007年5月解放军文艺出版社《红叶（第三十五辑）》

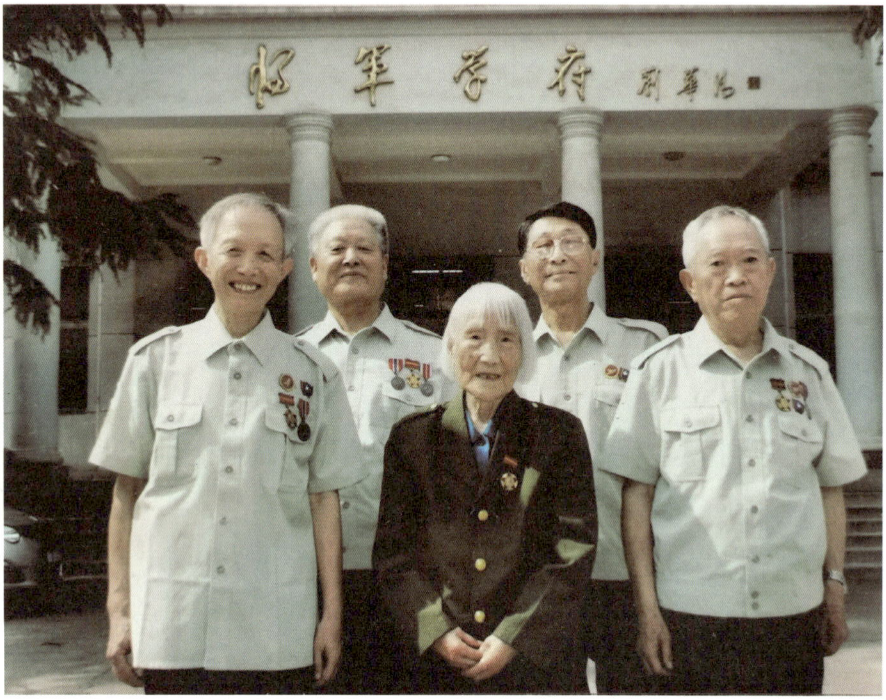

将军诗苑颂
——贺将军学府诗词研究会成立

驰骋疆场百战多，枪尖磨罢笔尖磨。
诗坛建起新园地，旗帜高扬将帅歌。
将军诗苑醉东风，黄鹤衔来万丈虹。
白雪盈头春不老，豪情谐韵溢编钟。

登载于 2009 年第 1 期《湖北诗词》

敬和新四军老战士陶开涛前辈校苑惜别诗

一

歼虏江淮百战身，桑榆秉烛廿三春。
单车滚滚诗囊重，齐仰关山鹤发人。

二

孺牛壮别虎昂头，学府翁婆竞上游。
时忆陶公松竹韵，枫丹菊绽扮高秋。

登载于 2010 年第 2 期《武汉诗词》

浣溪沙·感谢舟桥旅特务连、通信连热情帮助湖北省军区老干部大学

抢险抗洪盖世雄，降龙伏虎建殊功，丹心热血贯长虹。
助学深情尊老将，为民全力竭精忠，军营校苑党旗红。

注：抗洪抢险模范旅特务连、通信连与学校毗邻而居，经常从多方面支援学校工作。

登载于 2010 年第 2 期解放军文艺出版社《红叶》

画堂春·将军学府荣获全国先进老年大学称号喜赋

将星辉耀楚天春，江城喜奏佳音。金戈换笔写雄文，又建殊勋。
梦里关山虎跃，寰中风雨龙吟。丹心不老系华魂，菊灿秋深。

登载于 2011 年第 1 期解放军文艺出版社《红叶》

湖北省军区老干部大学校领导和舟桥旅战士合影,左一为副校长杨国焱、左三为副校长周世美、左四为常务副校长皇甫国

2012年9月将军学府教师座谈会合影

洞仙歌·贺将军学府成立二十五周年

洪山松老,仰元戎联辔。学府弦歌漾江水。彩旗明,点点黄鹤归来,金星耀,霜鬓书童旖旎。　回眸初创日,荆楚初春,战马长嘶别征垒。五五物华移,瓦砚芸窗,风云骤,奔腾笔底。望新纪烟帆连海天,更振袂前驱,意驰千里。

登载于2012年第2期解放军文艺出版社《红叶》

【正宫·叨叨令】和徐霁之先生《将军学府诗词班》

枝头好鸟欢声唱,和风拂柳波轻漾,翁婆高咏童颜靓,将军学府精神旺。齐学曲也么哥,齐写曲也么哥,满堂争说您真棒。

登载于2017年2月武汉出版社《楚天散曲选·第二辑》

贺新郎·缅怀红叶诗社社长、将军学府诗词研究会名誉会长贾若瑜将军

赤合青山叠。隐耕樵,田间左传,杏林新月。革命风雷掀湘贵,文庙书生击楫。凝赤胆,雄姿英发。地下运筹抓枪杆,板栗园妙算擎红钺。镰斧仰,壮怀烈。　讲坛三尺从容说。率青年,纵横敌后,练兵诛孽。"游击大王"朱总顾,含笑叮咛殷切。文武擅,军中奇杰。夕照辉煌吟帜举,领"将军学府"诗翁列。无限意,寄红叶。

登载于2016年第6期《湖北诗词》

踏莎行·悼高锐首长

奏凯泉城，书生突锐，奇功浩气凝丹桂。横刀立马领精兵，文韬武略霜蹄碎。　　情溢香山，诗辉汉水，《将军学府》心中汇。荆襄北望涌心潮，眸追鹤驾沿天轨。

登载于 2016 年第 7 期《红叶诗社通讯》

贺新郎·恭贺任荣将军[①]百秩华诞

儒将堪开国。起苍溪，嘉陵急渡，剑门寒月。高岭雪攀长征路，草地三番飞越。护圣地，丹心炽烈。振旅长驱临辽沈，巧运筹阻截凶顽灭。冒弹雨，溢殷血。　　岸英不识同车发。"令尊贤，送君参战"，赞言真切。抗美烽烟皆亲历，停战议和名列。十六载，西陲宏业。荆楚回舟兴学府，领将军诗会弦歌彻。银杏树，与天接。

注：①任荣入朝时，与毛岸英同车，但彼此不认识。当毛岸英说："父亲也支持我，是他叫我参加志愿军抗美援朝，保家卫国的。"任荣说："你父亲思想很进步的！"任荣曾任朝鲜军事停战委员会中方委员、西藏军区政委，后任武汉军区副政委。离休后应邀担任将军学府诗词研究会名誉会长。

登载于 2017 年第 1 期《心潮诗词》

第四章

感事抒怀

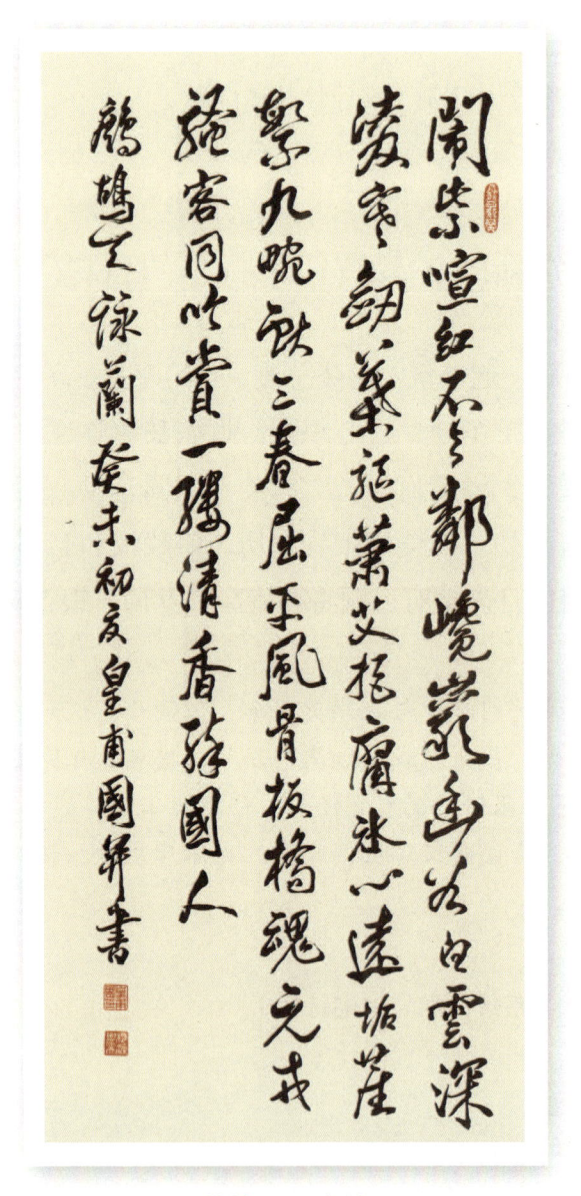

鹧鸪天·咏兰

雨中偶作

浓荫漠漠罩江城，风雨征程一老兵。
转眼鸡虫随碧水，盈腔热血献红旌。
人间蛊蠹除还有，世上灰尘掸又生。
净扫浮云霞似锦，天空海阔任纵横。

登载于 1995 年《当代诗联选》

贺新郎·登黄鹤楼感赋

健步登高阁。动龟蛇，八方云汇，两江潮跃。欧美鸥鸡东岛鹫，齐仰冲天黄鹤。谁尚忆，阿蛮横槊！李白重来挥巨笔，赞今诗妙句惊檐雀。大浪涌，凯歌作。　　惊雷怒雨清污浊。祭吴钩，和珅狱冷，蔡京靴落。箫鼓欢呼声声劲，催动神州村郭。纷额手，新醅频酌。万众归心朝北阙，抱成团拧紧降龙索。十三亿，共忧乐。

登载于 2000 年 12 月解放军文艺出版社《红叶（第二十二辑）》，2019 年 12 月中国书籍出版社《军旅诗词汇编：军旅诗钞》下编（中华诗词学会编）

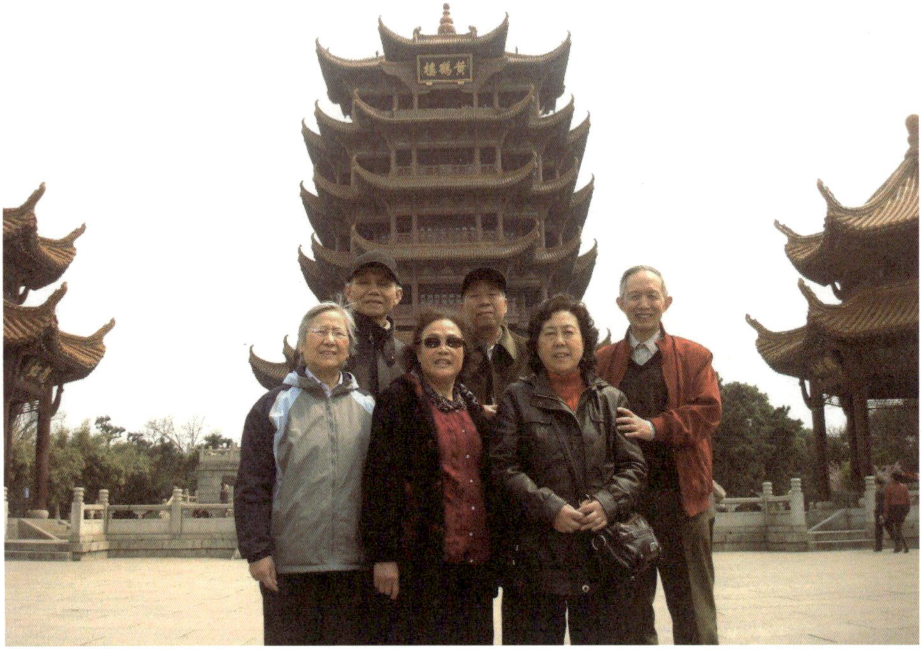
黄鹤楼

龙年书怀（七绝）

史笔诗囊战士身，行吟泽畔愤浮云。
龙年已绽神州柳，仍有寒风吼地频。

登载于 2000 年 7 月解放军文艺出版社《红叶（第二十一辑）》

春潮曲

基因纳米斗尖新，科技春潮拍岸频。
蛇岁来时齐上网，鼠标触处早留痕。
常听知本超资本，纷说今晨胜昨晨。
一片深情兴禹甸，和平花护地球村。

登载于 2002 年 2 月解放军文艺出版社《红叶（第二十四辑）》

菩萨蛮·山村电影散场图

山村银幕松风里，动人故事心灵美。蓦地电灯明，呼儿唤妹行。
场散归程乱，摩托鸣溪畔。大路闪星龙，欢声绕夜空。

登载于 2002 年 10 月《武汉诗词》总第七辑

重读毛主席著作有感

赤心忧社稷，椽笔引春光。
眼底寰球小，胸中史册长。
痛除千代秽，暖绽万花香。
把卷临窗读，朝朝见太阳！

登载于2003年9月解放军文艺出版社《红叶（第二十七辑）》

咏电脑

菜单尝不尽，伊妹羽书催。
方寸天涯近，须臾斗柄回。
凝眸千惑解，弹指万图开。
世纪风云会，新知扑面来。

登载于2003年9月吉林人民出版社《中华老人诗文书画作品集》

村寨纪事

一

烂漫山花绕寨开，小楼天线傍林隈。
烤茶烧笋迎稀客，阿妹阿哥乐满腮。

二

家住层峰马路宽,声声摩托去城还。
情歌出口山山应,生活而今比蜜甜。

登载于 2003 年 9 月解放军文艺出版社《红叶（第二十七辑）》

双双燕·海峡归来

越千里浪,趁风起云飞,喜传春信。痴情一片,欲入旧巢相并。双剪分开雾晕,瞰大陆,红酣绿润。轻轻掠过金陵,又度长安通问。　　离恨,年年泪忍。总两岸遥思,翠蛾愁损。翩然回梓,藻井画梁同认。乡间芹香草嫩。睹故友,莺娇鸽俊。虹架海峡东西,比翼锦程发轫。

登载于 2005 年 10 月《武汉诗词》总第十辑

参加湖北省书协书法创作培训走笔

和风催健笔,点画悟迷津。
蘸尽东湖水,书成锦绣文。

登载于 2006 年第 1 期《武汉诗词楹联学会通讯》

江城喜雨

熏风兼好雨，绿满武昌城。
紫杞欣含泪，丹榴笑出声。
秧苗铺野翠，旅屐度峰青。
黄鹤楼头望，艨艟一羽轻。

登载于 2007 年第 1 期《武汉诗词》

西江月·丁亥冬暴雪

度岁返乡情切，可怜雪压冰摧！千村电黑不闻鸡，欲断炊烟细细。车站温言消冻，帐篷童叟舒眉。抗灾大地战歌飞，红杏江南吐蕊。

登载于 2008 年第 2 期《武汉诗词》

风入松·回乡见闻

山村争说免皇粮，翁妪醉斜阳。良辰初嫁东邻女，欢声起、锣鼓铿锵。小镇花枝招展，清溪绿柳成行。　　村官选举喜开场，时彦荐新章。点皴画卷添奇彩，谐鱼水、共建康庄。夜校沿蹊披月，朝霞上网临窗。

登载于 2008 年 4 月《中华诗词》
登载于中国文史出版社 2010 年《第三届华夏诗词奖获奖作品集》入围作品

牛年元旦

从容辞客岁，慷慨入牛年。
心系千家饱，躬耕万顷田。
丰收仓廪实，静卧白云闲。
俯首亲孺子，奋蹄更向前。

登载于 2009 年 12 月作家出版社《华夏经典诗词文选集》

偶成

鞭炮响成灰，南柯日影微。
浮尘迷市井，高庑炫珠玑。
淡泊云泉净，泠然木叶飞。
闲翻书数页，俯仰舞听鸡。

登载于 2010 年第 3 期《武汉诗词》

学雷锋喜赋

一生执着爱人民，玉洁冰清孰与伦？
拧紧螺钉撑大厦，把牢方向炼丹心。
春潮喷涌浮尘扫，使命庄严浩气殷。
千万雷锋齐奋进，凯歌高奏好风熏。

登载于 2012 年第 3 期《北京诗苑》

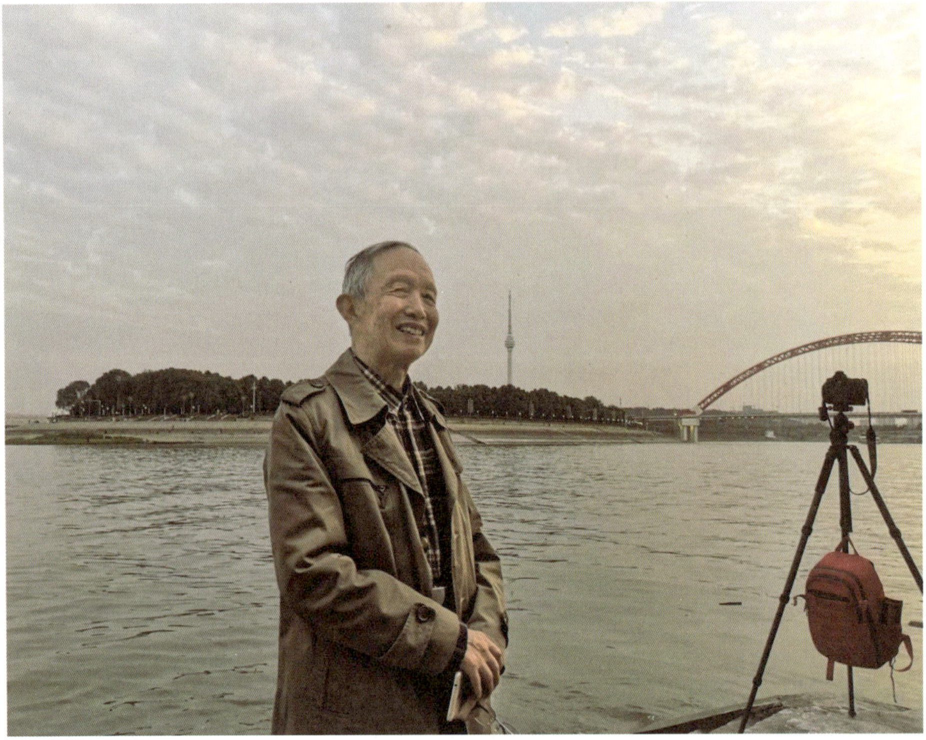

西江月·春雨过沈园

料峭东风欺柳,凄清碧玉凝寒。伤心桥下泪盈潭,成对鸳鸯忽现。只要心心相印,何妨分凤离鸾。春蚕到死素丝连,挚爱终身不断!

登载于 2015 年第 3 期中华军旅诗词丛书《红叶》

临江仙·秋日书怀

案上清词流碧,眸中细语牵丝。虚窗独坐月明时。华年浑似梦,心事有天知。 芳沚蒹葭瑟瑟,幽怀憧憬痴痴。长空归雁唳相随。霜娥来作伴,走笔续参差。

登载于 2017 年 6 月武汉出版社《东湖风景独好·第二辑》

答友人

深秋五日香城道,溪畔无人私语时。
风日晴和流水静,双禽晒羽碧梧枝。

登载于 2017 年 6 月武汉出版社《东湖风景独好·第二辑》

浣溪沙·读《杏花词》

小院沉吟鸟不知，春深一卷杏花词，沾衣欲湿雨如丝。
柳絮香尘头已白，清宵淡月意犹痴，风光长似少年时！

登载于2017年10月华中师范大学出版社《荆楚诗坛撷英》

戊戌霜降访汉口龙王庙忆当年抗洪抢险英雄

一

霜降两江灯月溶，龙王庙畔醉丹枫。
凭栏俯首思英烈，生死牌前党证红。

二

青女素娥俱耐霜，清辉银屑撒双江。
灯光璀璨浮黄鹤，月影参差动翠篁。
奋力护堤何惧死，飞身击浪敢争强。
良宵风笛鸣江汉，莫忘当年旧战场！

三

星缀虹桥接苍莽，清宵霜降访龙王。抗洪三镇乾坤大，抢险双江日月长。　歌好汉，忆军装。兵民携手战玄黄。牺牲换得江山赤，再振雄风灭虎狼！

登载于2018年第2期《金秋诗刊》（济南军区老战士诗词学习研究会主办）

谷雨三唱

鱼追玉沼浮萍动，秧插膏田明镜开。
雨后云驰喧万木，翩翩紫燕去还来。

相邀联袂走郊原，布谷声中柳茏烟。
姐妹新装迷彩蝶，桐花有意落身前。

雨前趁嫩采香椿，举箸清芬竞入唇。
谁个不夸滋味好，欢声笑语共尝春。

登载于 2018 年第 2 期《武汉诗词》

秋意

岸柳初黄月色新，丹枫又染旧年轮。
阵前不觉廉冯老，劫后方知马列真。
暗夜风嗥凶噬月，凉阶菊绽笑迎人。
一声军号豪情发，甲胄重披赴战尘。

登载于 2018 年第 2 期中华军旅诗词丛书《红叶》增刊

临江仙·江城明月歌

畴昔巴山初遇，一弓凉月幽清。星河耿耿夜无声。桂花疏影里，低语闪流萤。　　军旅多离难聚，纤肩力拄闺庭。相呴濡沫乐平生。白头明月共，高歌动江城。

登载于 2018 年第 5 期《雅风》

梨园迎春感赋

箫鼓梨园起盛唐，新元琴韵更铿锵。
深情诗笔怀黔首，激动心弦系沧桑。
瑞雪缤纷红数萼，锋毫起落墨千行。
欣看江汉春烂漫，撸袖扬眉干一场！

登载于 2019 年第 1 期《雅风》

西江月·赞武汉市救助管理站伏天送清凉

江汉火炉腾熵，街头蒲席凄惶。漂流城巷路何方，举目谁能依傍？绿豆熬汤迎客，西瓜解暑润肠。轻车暖意笑还乡，习习清风送爽。

登载于 2019 年《江汉潮声——庆祝中华人民共和国成立七十周年诗词专辑》（武汉市江汉区老年大学、江汉区诗词学会）

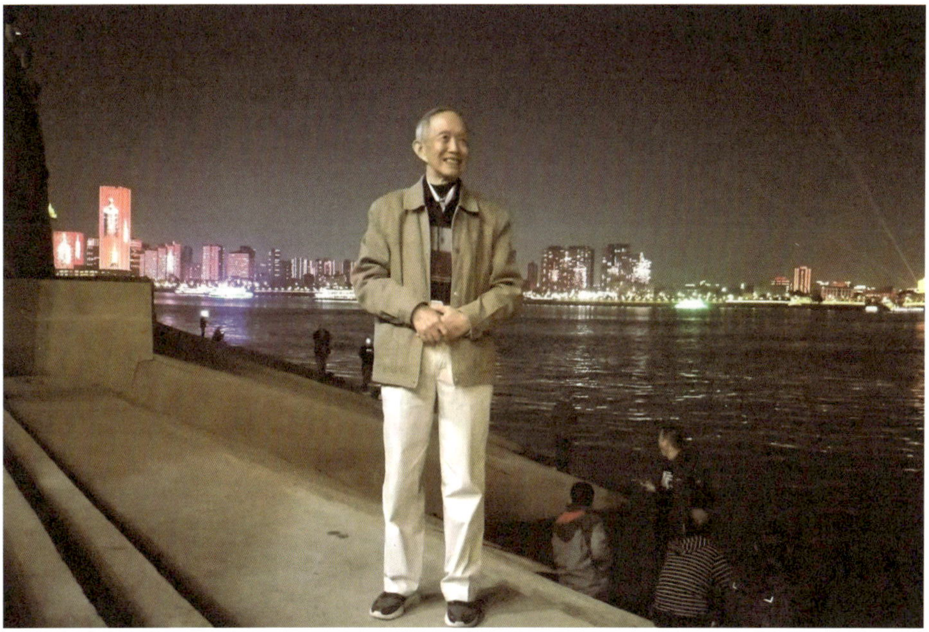

浣溪沙·八月十四夜游湖赏月

未到中秋已半醒,冰轮乍转楚天青,平湖摇动两三星。
镜彩初萌惊落雁,秋花欲放舞流萤,清波月影伴箫声。

登载于 2019 年《江汉潮声——庆祝中华人民共和国成立七十周年诗词专辑》(武汉市江汉区老年大学、江汉区诗词学会)

临江仙·暮春夜雨

雨骤荼蘼摇落,梦回蝶影阑珊。深宵转侧怯春寒。长衢人迹远,孤唳雁声残。　　老屋空垂沙柚,山乡闲置草田。时时凝望白云端。满腔心腹事,镇日自喃喃。

登载于 2019 年第 3 期《梨园诗刊》(武汉市梨园街古典诗词编辑部)

浣溪沙·龙王庙前看江城灯光秀

江汉朝宗赴海涯,欣迎军运绽灯花。弦桥隐约奏笙筘。
彩色浑凝千丈锦,华光掩映半城霞。寻看万国聚舟车。

登载于 2020 年 1 月《中华诗词》

鹧鸪天·风雪电力人

雪压关河铁塔巅,辞妻别母赴深山,风刀刺面崖梯滑,冰屑凝眉架柱寒。　凭血热,献心丹,一身辛苦万家安。放眸户户灯窗亮,喜送光明到世间。

登载于 2020 年第 1-2 期《鹰台诗词》(湖北省老年人大学鹰台诗社编)合刊

渔家傲·武汉市金银潭医院除夕隔离房

据央视新闻报道,2020 年 1 月 24 日,湖北省十堰、宜昌、黄石市多家医院抽调骨干力量,支援金银潭医院抗疫。

电掣星驰援武汉,逆行抗疫纾磨难。除夕隔离房奋战。春满院,东风阵阵吹人面。　忘死舍生争奉献,通宵坚守同心愿。大爱无疆纷送暖。曙光灿,白衣天使情无限!

登载于 2020 年第 2-3 期合刊《六十而立研究》(湖北当代老龄科学研究院编)

辛丑重阳

关山望故土，风雨近重阳。
椿萱寻不在，棠棣落无香。
时记黎元托，常忘鬓发霜。
黄花铺战地，赤胆去安疆。

登载于 2021 年第 4 期《武汉诗词》

第二辑

高山流水

第一章

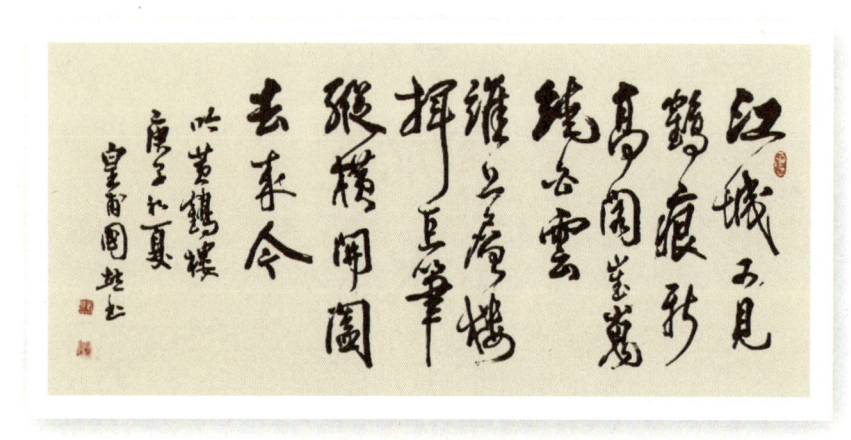

诗歌聚会

黄鹤楼步侯孝琼先生原玉

稀龄诗情八首

耽诗

秋月春花总晏眠，挥毫似举祖龙鞭。
书窗梅唱晶莹雪，戎马戈呼极乐园。
万卷凝眸诗兴涌，半生回首梦魂牵。
浮云未净豪情炽，丽句清词扫暮寒。

学诗

活水玎琮涌碧泉，诗成雀跃若登仙。
灞桥风雪骑驴觅，旭日江花织锦连。
鉴史镜明除弊政，吹沙金见得真诠。
风流儒雅今朝最，遍地英雄下夕烟。

写诗

休将抱负托空言，血管流殷写壮篇。
茅屋秋风仰杜甫，郝郎明月慕诗仙。
军魂铁胆充诗脊，汉骨唐髓柱舜天。
战士心潮腾永夜，临池柳外晓星残。

梦诗

叠嶂朦胧隐翠岚，忽听仙乐绕琼栏。
诗随银箭腾云起，酒伴沧波抱月还。
满纸风涛苏轼赋，半江云锦子陵滩。
梦回鸡唱关山白，一颗晨星耀碧天。

改诗

峻岭横空不懈攀，吟鞋踏遍万重山。
凝思紧系家邦运，下笔须防名利缠。
好句连珠筛百次，善心播爱沃千田。
切磋磨出生花笔，点染红梅欲雪天。

吟诗

吟哦缓步向芳园，姹紫嫣红和露妍。
雏凤清箫欢乐颂，老兵金鼓大风篇。
牵萦黎庶常忧国，潇洒林泉不羡仙。
花径抑扬心欲醉，悠然翘首自开颜。

联诗

桃李芳园烟景美，兰亭觞咏茂林边。
传花击鼓摧诗韵，宋雨唐风扑画帘。
玉树残垣伤未复，恶黩近海闹犹酣。
闲情化作冲霄火，炼石千方补昊天。

炼诗

路转峰回别有天，莺飞草长百花燃。
红羊厉劫添铮骨，翠柏经霜展壮颜。
铁马秋风蹄踏踏，雎鸠春水叫关关。
昆仑披月云涛涌，万点繁星落素笺。

登载于 2013 年第 2 期解放军文艺出版社《红叶》

鹧鸪天·梨园街古典诗词班开班感怀

柳眼初萌聚楚才，寻春览胜到蓬莱。市民冷暖诗骚映，时代峥嵘锦绣裁。　　添雅韵，竞歌台，嫣红姹紫绚基阶。讲坛三尺连天下，共看梨园万树开！

登载于 2019 年 7 月《中华诗词》

编者按：2015 年下半年，湖北省军区决定老干部大学（将军学府）停办，诗词班聚集了 100 多名热爱中华诗词且学有所成的诗友，有著名诗词教师侯孝琼教授、吴江涛副教授。为把诗词班保留下来，皇甫国和热心为学友服务的班委会，努力寻找到武昌区水岸星城新的教学点，可是在水岸星城后期，因当地老年大学对教师有年龄上的限制，诗词班又一次面临失学。幸运的是在多方努力下，"古典诗词班"终于又找到武昌区梨园街新的教学点，于2019年初复课。

渔家傲·《明湖夕韵》[①]付梓

铁马金戈更彩笔，将军学府江城辟。丽句雄辞书伟绩。传文脉，良师执教红霞织。　阵地转移湖水碧，幽禽捉浪腾霜翼。廿载鹤楼飞玉笛。清韵溢，夕阳如火辉征楫。

登载于2021年2月《中华诗词》

注：① 2019年武昌区梨园街"古典诗词班"开课后，每月出一期期刊，年底还出了一本由全班师生撰稿的诗集《明湖夕韵》，该书于2021年3月被武汉大学图书馆收藏。

入蜀

诗之沃土夸巴蜀，诗圣诗仙耀紫宸。
万杆红旗临蜀水，试看诗友是何人？

登载于2004年12月中国文联出版社《当代百家绝句精华》

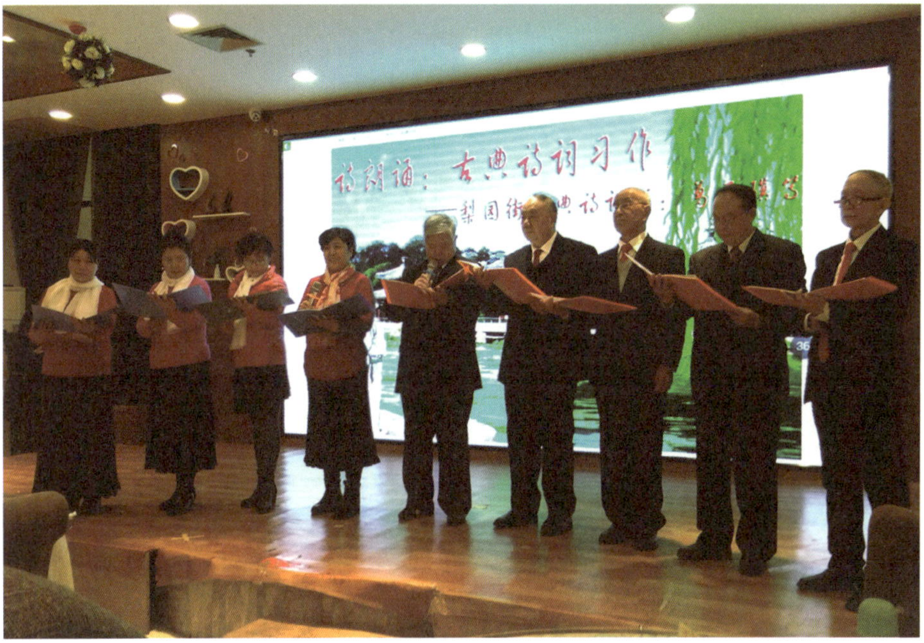
诗朗诵：古典诗词习作

鹧鸪天·笔友重上九真山

微雨轻车上九真，重逢倍觉友情深。银钩铁画磋三夏，笔阵纵横起万军。　　花伴竹，酒盈樽，曲觞流水草雄文。王颜苏赵诸公逝，风起云行看后人。

登载于 2006 年第 4 期《武汉诗词》

呈江城诗友

低徊抚劲松，吟苦瘦诗翁。
一首惊流俗，三余写素衷。
蛇山红叶绚，汉水白云重。
闲采东篱菊，挥毫动晓风。

登载于 2009 年 7 月解放军文艺出版社《红叶（第四十一辑）》

廖伯偕先生由湘返汉诗友相会

白鹭高翔浪拍天，晴川阁伴铁门关。
青衫犹带郴江雨，黄鹤归携岳麓烟。
击节长吟惊廖俊，飞觞畅叙仰邱贤。
新诗唱和鱼龙起，风啸云腾共倚栏。

登载于 2007 年第 2 期《南湖风韵》（中南民族大学合编）

浣溪沙·鄂州诗会

诗侣同来访翠陂,观音阁下水生辉,榴花萱草豁吟眉。
夜雨楚公钟[①]杳杳,朝霞梁子柳依依,寰中谁有鄂州奇!

注:①西周时楚国熊渠伐扬越至鄂,封中子红为鄂王,筑鄂王城,为楚之国都,传六世至熊号,铸"夜雨楚公钟"。

登载于 2010 年第 1 期解放军文艺出版社《红叶》

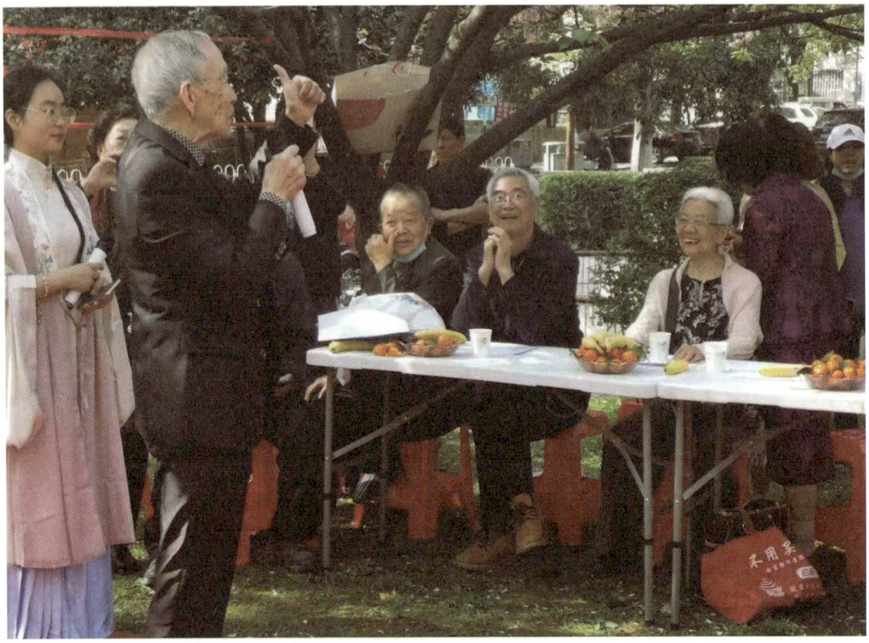

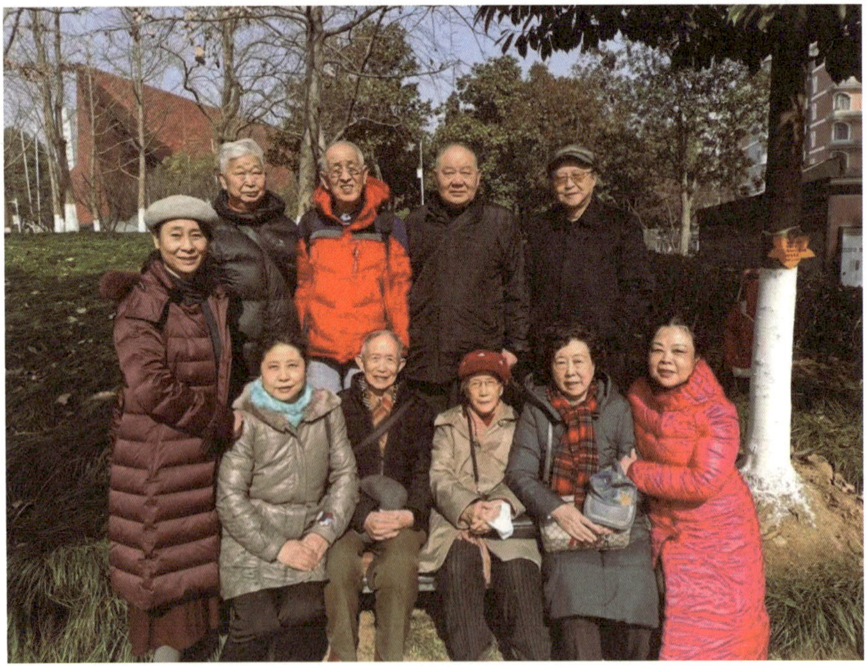

贺鹰台诗社授牌为"省中华诗词学会省直分会"

屈子行吟处，青莲搁笔堂。
聂韵萦荒草，毛词壮昊苍。
诗星荆楚聚，吟帜鹤楼扬。
大海洪波汇，东湖翠带长。
鹰台人鼎沸，鹏路翼舒张。
振笔腾黄鹤，高吟引凤凰。
丹心呈彩赋，热血献华章。
世纪传薪火，新元铸艳阳。

登载于2018年5月中国文化发展出版社《而立回眸——鹰台诗社三十年》

参加鹰台诗社中秋、国庆诗会喜赋

高吟秋月朗，漫议醴泉醇。
鹏鬻舒诗翼，鹰翔伴鼓声。
群贤临上座，银汉列繁星。
国庆云霓璨，飙风制海鲸！

登载于2018年第4期《鹰台诗词》（湖北省老年人大学鹰台诗社编）

贺新郎·记九秩诗翁、省政协原副主席穆常生探望梨园古典诗词班

春色浓如酒。动梨园,杂花生树,候禽穿柳。古柏经霜凌霄立,笑对雷鸣风吼。师友聚,齐迎诗叟。霜鬓慈颜真亲切,最动情含泪频挥手。盼见面,别离久! 凝眸对视人依旧。只添加、几根白发,一丝清瘦。廿载同窗谁能忘?铁板铜琶齐奏。夕照绚,星辉荆楚。学府将军多仙逝,过九旬矍铄仍舒袖。钦睿哲,祝遐寿。

登载于2019年第3期《梨园诗刊》(武汉市梨园街古典诗词班编辑部)

第二章

赠酬唱和

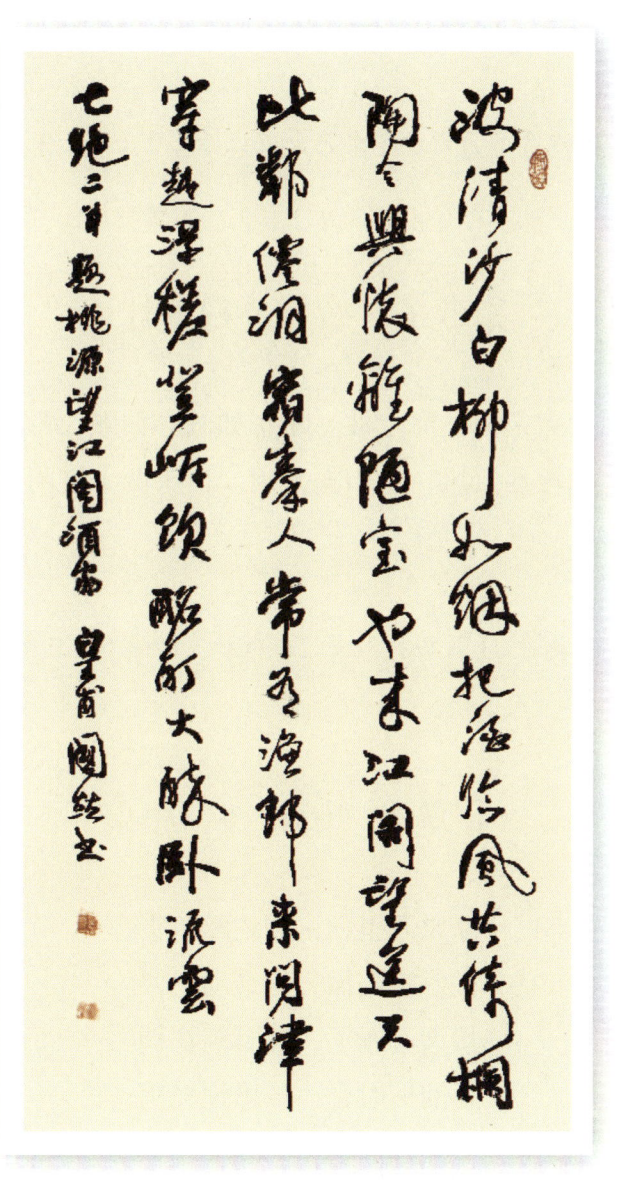

题桃源望江阁酒家

雪梅香·傲霜欣看岭前枫

劲风作，烟波万顷竞艨艟。望神州春满，文坛柳绿花红。千曲军歌震天海，十年红叶焕霓虹。激情迸，战士诗怀，如马腾空。

朝东，溯流远，塔耸延安，论重工农。俯首耕耘，怒眉冷对强弓。报国频催手中笔，傲霜欣看岭前枫。雷霆动，莽莽昆仑，巍立苍穹。

登载于1997年6月解放军文艺出版社《红叶（第十五辑）》

南歌子·敬答凌行正社长

瓦弄山头雪，南沙海上波。年华如画亦如歌，彩笔一支军旅激情多。　鹅岭翔云凤，龟山振玉珂。白头两个笑呵呵，战地烽烟回首暖心窝。

登载于2008年11月解放军文艺出版社《红叶（第三十九辑）》

记笔友"醉鱼头"小聚

凉风万里秋，相约醉鱼头。
举盏吟霜橘，挥毫动鹤楼。
接天鸿雁远，铺野菊花稠。
频问何时会，摇橹逐轻鸥。

登载于2009年7月解放军文艺出版社《红叶（第四十一辑）》

贺新郎·纪念解放军红叶诗社成立 30 周年

齐仰西山叶。历三旬,遮峰织锦,喷霞凝雪。赤帜摇风秋烂漫,红透兵营诗页。万马啸,吟坛奋越。开国元戎亲手种,播燎原星火军歌烈。驰斗笔,写新阕。　沁园一曲长天彻。步毛公,雄关催骑,岭梅凌雪。耆苑基层齐发轫,远海高空韵接。大合唱,风流卓绝。筑梦强军随时代,看千红万紫春山沸。国魂铸,耀星月。

登载于 2017 年第 1 期中华军旅诗词丛书《红叶》增刊

凤凰台上忆吹箫·献给红叶诗社工作人员

悬壁龙泉,映窗红叶,壮词飞上旄头。揽铁军豪句,电闪吴钩。心系神州凤鬵,霜染鬓,獭祭能休?何妨瘦,情融虎旅,笔醉金秋。　难休,远峰叠翠,征路倚斜阳,脚不停留。举赤旗文苑,更上层楼。争看西山晴雪,寰宇净,梅绽吟眸。凭栏听,军歌震天,涤尽迷愁!

登载于 2019 年 12 月中国书籍出版社军旅专辑《红叶诗词十年选》(中华诗词学会编)

登载于 2019 年 12 月中国书籍出版社《军旅诗词汇编:军旅诗钞》下编(中华诗词学会编)

临江仙·敬聆湖北省中华诗词学会
黄金辉会长《诗与情》讲座

小扇轻摇神韵,长吟细品诗情。讲堂寂寂悄无声。骚愁随泪下,爱恨伴潮生。　　气度光风霁月,笔才炉火纯青。长江滚滚动雷霆。

登载于2018年《诗韵东亭》(湖北省中华诗词学会楚风诗社、武汉市东亭社区居委会东亭诗社主办)

临江仙·东湖访梅敬步侯孝琼先生原玉

琼苑云氤霞褥,明湖霁日清风。春寒抖落自从容。俏花疏照水,虬枝老横空。　　不是冰涵雪浸,何来蕊艳香浓?别枝啼鹊影朦胧。斜阳牵我袂,陶醉在芳丛。

侯孝琼教授原作:

临江仙·东湖访梅

何事莺愁燕懒,连旬冷雨寒风。东君犹自步从容。高斋闲里过,咄咄但书空。　　忽报湖边蕊绽,吹梅笛弄春浓。无妨老眼视蒙蒙。花开谁不爱,拄杖入芳丛。

登载于2019年春《九州诗词》

黄鹤楼步侯孝琼先生原玉

江城又见鹤痕新，高阁崔嵬绕白云。
谁上层楼挥巨笔，纵横开阖去来今。

登载于 2019 年第 4 期《湖北诗词》

感解放军陆海空三军除夕驰援武汉步姚义勇社长韵

疫魔年杪肆骄狞，医护三军奔古城。
号角声声河岳震，车轮滚滚鬼神惊。
锤镰指路常忧国，蛊蠹侵邦总出兵。
销尽瘟君黄鹤舞，白衣天使酿春晴。

登载于 2020 年第 1-2 期《鹰台诗词》（湖北省老年人大学鹰台诗社编）合刊庚子抗疫特刊

赠吴江涛先生

风雨西窗夏夜深，轻揉倦眼复长吟。
东湖浪拍纤毫动，常把金针度与人。

登载于 2012 年第 2 期《武汉诗词》

水龙吟·次韵送王崇庆先生归荆州

江天万里清霜，洞庭浩荡东湖浅。劳形案牍，忧心家国，喟然长叹。只影灯前，伊人梦里，幽怀难遣。幸先生眷顾，铁拳命笔，揽虹霓，垂青眼。　　书剑回乡作伴。忆啼鹃，常萦客馆。沾衣朝露，映琴夕照，熏风送暖。红袖添香，青衫对酒，良宵真短！暮云松柏树，水天澄碧，月明同看。

登载于 2015 年第 1 期《湖北诗词》

送诗友旅港

翠柳拂行衣，关山度若飞。
携春辞汉水，迎暖仰星徽。
总督人何处？英伦日已西。
紫荆花下唱，诗贮满囊归。

忆少年·贺黄陂老年大学建校 20 周年

黄陂学苑，黄花灿烂，黄鹄舒翼。程门设绛帐，领江城耆骥。
双秩春秋桃李丽，老还童，木兰霞蔚。弦歌楚天动，竞蟾宫折桂。

登载于 2007 年第 2 期《南湖风韵》（中南民族大学合编）

江城春雨雅集
即席步吴江涛先生韵

春寒携雨透轻纱,小苑排樱灿若霞。
诗萃红枫①翔梦蝶,意凝赤帜动心花。
韵成云破莺喧树,情沸杯倾浪涌茶。
相聚凤凰难说别,欣看绿柳绽新芽。

注:①贺诗友文丽华《红枫集》付梓。

吴江涛原作:

江城春雨诗友雅集西北湖口占一律

春宵一梦薄如纱,向晓心田焕彩霞。
小院琴声催紫燕,绿窗人语唤桃花。
凤凰城上闲敲韵,西北湖边漫品茶。
最爱风前三五柳,青眸脉脉润诗芽。

登载于2015年第2期《鹰台诗词》(湖北省老年人大学鹰台诗社编)

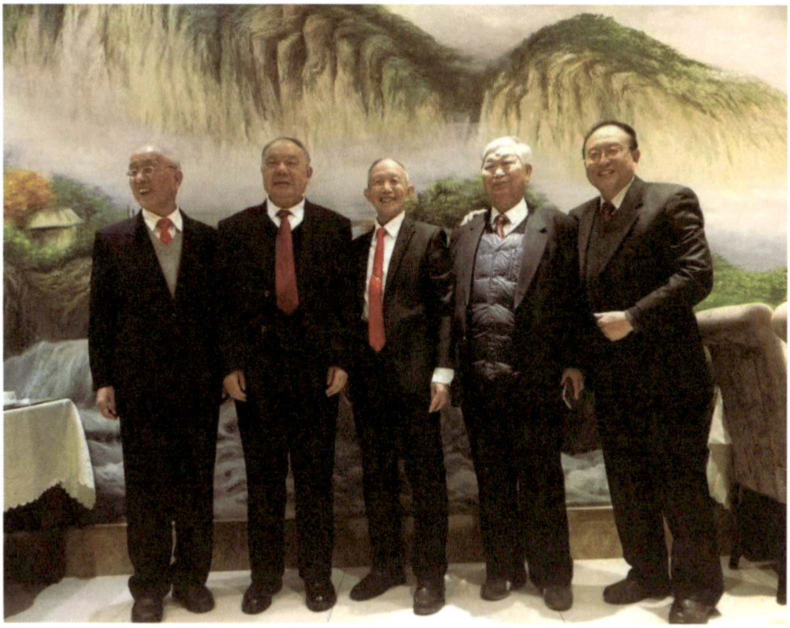

屈子回乡吟
——贺武汉诗词楹联学会成立 20 周年

荆山汉水涌诗潮，屈子飘风降九霄。
黄鹤楼头联雅韵，岳飞松下引遒毫。
校园唱和探天问，村矿吟哦续楚骚。
哀郢停歌歌乐郢，相携欢舞动兰皋。

登载于 2008 年第 1 期《武汉诗词》

浣溪沙·贺瑜珈诗社成立廿周年

绿满瑜园鸟啁啾，杏坛少长畅歌喉，唐音宋韵谱新讴。
四卷缣缃呈风采，廿年雨露滋兰畴，长风万里送轻舟。

登载于 2010 年 5 月华中科技大学瑜珈诗社出品《瑜园风韵——纪念瑜珈诗社成立二十周年诗文集》

西江月·贺《铁军文化》创刊

镰斧劈开新宇，古田熔铸军魂。铁拳无敌扫残云，开国安疆奋进。
文化播扬兵气，战旗辉映朝暾。枕戈赤胆为人民，再创英雄神韵。

登载于 2015 年《铁军文化》创刊号
登载于 2015 年第 3 期中华军旅诗词丛书《红叶》增刊

柳梢青·呈湖北当代老龄科学研究院卫衍翔院长

一鹤冲天，双江涌浪，四海扬帆。壮岁拿云，苍颜揽月，领袖耆坛。　　争传"而立"新篇。越花甲，重迎绮年。二度青春，迢递征路，飞跨雕鞍。

登载于 2006 年第 2 期《武汉诗词》

西江月·蛇年迎春步徐霁之先生韵

雅韵敲金戛玉，雄词倒海奔洋，高风亮节仰虞唐，振笔豪情万丈。蜀道泥丸踏碎，彩笔星月争光。金蛇欢舞大旗张，细看春花怒放！

登载于 2013 年第 2 期《金秋诗刊》（济南军区老战士诗词学习研究会主办）

鹧鸪天·贺友人书法集付梓

铁砚磨穿笔化龙，纵横捭阖韵无穷。风樯阵马锋初试，平淡天真老更工。　　诗伴月，酒盈盅，雄文书罢楚江空。翩翩黄鹤披霞报，翰墨熔成万丈虹。

登载于 2013 年第 2 期《武汉诗词》

读范诗银《长城十关词》

长城古塞阻兵戈，血染征幡铁戟磨。
万里雄关君唱罢，何人击剑再高歌！

登载于 2016 年第 4 期《鹰台诗词》（湖北省老年人大学鹰台诗社编）

丁酉春笺（步范诗银先生原玉）

一唱雄鸡万顷花，烟遮柳护小康家。
风雷南海鸣鼙鼓，雨露东皋润稻麻。
伟略能平千尺浪，雄图争艳九霄霞。
红梅先报春消息，彩凤高翔映碧沙。

登载于 2017 年第 1 期中华军旅诗词丛书《红叶》增刊

冬雨步友人韵

携雨昌风着意吹，轻黄摇落育新枝。
鸡鸣远塞兵起早，月隐寒江雁过迟。
清涤浮尘寰宇阔，润滋沃野寸心痴。
哨亭一树红梅伴，噙露凝香待好诗。

登载于 2017 年《湖畔吟草》试刊号（武昌珞珈山街茶港诗社）

水调歌头·天帚扫愁雾
——步夏安愚词原玉

天帚扫愁雾，遍野发春华。香泥燕啄风细，畦堰竞鸣蛙。绿漫长江柔浪，红渡黄河信水，烟柳小康家。赤帜动征路，碧宇奏清笳。

绚朝曦，蒸夕照，耀星花。风云际会齐备，琼苑绽繁葩。脑灼圆明烈焰，目溢卢沟殷血，时抚旧疮疤。给力炎黄梦，共酿九霄霞。

登载于 2017 年第 3 期《鹰台诗词》（湖北省老年人大学鹰台诗社编）

浣溪沙·贺茶港诗社成立

柳拂珞珈啼早莺，梅魂一脉醉班荆，欢腾茶港聚群英。
三楚云开星斗焕，双江波静月华明，千帆竞发大潮生！

登载于 2018 年 12 月湖北人民出版社《茶港吟圃》

贺《金秋》复刊步友人韵

金秋好戏唱连台，又看黄花满眼开。
浊酒激扬廊庙志，高歌奋起史诗才。
强军振笔抒奇抱，铸剑甘心做苦差。
齐鲁峰峦青未了，岱宗纵目壮风怀。

登载于 2019 年第 2 期中华军旅诗词丛书《红叶》

题桃源望江阁酒家[1]（七绝二首）

一

波清沙白柳如烟，把酒临风共倚栏。
陶令兴怀离陋室，也来江阁望遥天。

二

比邻仙洞宿秦人，常有渔郎来问津。
穿越浮槎登岸饮，飞觞醉月卧流云。

注：①望江阁酒店是侄儿皇甫军曾经营的酒店。

登载于 2019 年冬《九州诗词》

赞天龙黄鹤酒业集团

画壁子安招鹤翔，金卮玉斝酒飘香。
淋臣[1]酣醉权听谏，酹月长吟轼剪江。
逐浪心潮烟雨霁，挂帆沧海楚风扬。
天成坊酿蟾蜍魄，丹桂清芬沐万芳。

注：①三国时吴王孙权在武昌临钓台饮酒大醉，水淋群臣，命大家一定要醉倒在台子上。后听大臣张昭之谏，收回成命。

登载于 2019 年第 6 期《梨园诗刊》（武汉市梨园街古典诗词班编辑部）

沁园春·唱春步刘世笃教授原玉

百鸟欢鸣，万壑传声，四海歌飘。奏高山流水，余音袅袅；宫商角徵，宏韵昭昭。金燕呼朋，铁牛吼野，曲绕秧田柳色娇。丝丝雨，喜春江波暖，律动心潮。　　神州分外妖娆。更辞旧迎新续九招。扣洪钟大吕，鹰扬丘岳；奔涛激浪，席卷风飙。豪气干云，高吟动月，伏虎腾龙壮志高。齐舒嗓，颂炎黄浩气，穿彻重霄。

登载于 2021 年第 1 期《鹰台诗词》（湖北省老年人大学鹰台诗社编）

第三章

战友情深

宴山亭·记副总长韩怀智将军

致复员战友邹削强同志

百折千回敬削强，青松耸翠对严霜。
新诗笔落霞常聚，党史书成纸亦香。
布谷声声同撰稿，洞庭浩浩总怀湘。
清宵远念常翘首，一片丹心度衡阳。

登载于 2002 年 6 月华艺出版社《类编中华诗词大系（3）·人部·酬唱赠答卷》

重逢

隔门呼小字，见面貌依稀。
细细看生客，殷殷话夕晖。
窗明花自落，渚白絮纷飞。
鼓棹烟波远，回头塔影微。

登载于 1999 年 10 月湖南文艺出版社《当代吟坛》

龙年呈王铎

腾龙遥祝彩云南，花雨熏风春正酣。
把酒碧鸡山逾翠，何时得并故人骖？

登载于 2004 年 8 月华夏翰林出版社《类编中华诗词大系（19）·物部·茶酒卷》

惜别会上口占二绝送袁兄赴鲁

一

月照离筵百感生,杯盈别绪总难平。
忍看征旆辞黄鹤,遥听明湖啭晓莺。

二

袁郎才气最纵横,一曲高歌四座倾。
渤海扬波星斗灿,何时促膝傍书灯。

登载于 2004 年 8 月华夏翰林出版社《类编中华诗词大系(19)·物部·茶酒卷》

客至

壶煮双江烽燧静,茶香三镇午阴清。
轻斟半盏遐方客,畅饮千盅战友情。
征路并肩云岭险,野营促膝雪窗明。
新元春暖神州绿,共仰红阳玉斗横。

登载于 2009 年 12 月作家出版社《华夏经典诗词文选集》

采桑子·致松勋

去年相访君尤健，握手叮咛。举盏频倾，抗美风雷战友情。
锦江秀色常萦梦，遥望吟旌。春雨双城，武汉成都两个兵。

登载于 2009 年 12 月作家出版社《华夏经典诗词文选集》

宴山亭·记副总长韩怀智将军

牛背攻书，霜刃抗倭，古月曹家庄畔。腾骋太行，怒吼黄河，强虏魄飞魂散。勇跨雄关，挫顽敌，北征南战。奔电，迭抗美安疆，伟功齐赞。　　京阙参掌军机，策马立昆仑，箸谋深远。心牵院校，目注基层，兴军激情无限。尔雅温文，著兵法，缣缃流绚。争叹：真儒将，终生奉献。

登载于 2011 年第 4 期《武汉诗词》

怀念云南战友

当年战地总如春，血汗浇花绽彩云。
烽火真情何处觅？山茶树树映斜曛。

登载于 2013 年第 2 期《华夏诗词》

辛卯冬至敬和朱思丞、蒋薇薇伉俪原玉

飞雪金陵玉嵌琼，冰魄铁骨迸清声。
阳生冬至春迈步，风送雁来笔蕴情。
梅瘦香寒萦月影，凤雏羽健伴鸾鸣。
神龙昂首云天外，花雨缤纷满地英。

登载于 2012 总第 10 期《边塞诗刊》（兰州军区兰州老战士大学边塞诗社主办）

清平乐·步岳宣义将军韵

深情无限，战地常留恋。征路八千里星月灿，总把吴钩回看。　腾龙豪气盈怀，宫娥御箭徘徊。北望衷心祝福，何时车驾还来？

登载于 2013 年第 4 期《香港诗词》

青衫湿遍·忆战友李拥（新声韵）

音容宛在，斯人已去，热泪沾襟。合影依然在手，笑颜开，挚友情深。忆朝鲜，战后共论文。返渝州，野帐同挥翰，领雄词，诲我谆谆。河朔行军并辔，岭南惩寇连心。　　才艺有谁能匹？舒毫倚马，笔扫千军。重担先挑苦千，鄙虚名，求是求真。播余晖，桃李喜争春。草堂边，寂寞秋风里，总凝眸，边塞国门。夜夜柔肠婉转，无时不在思君！

登载于2014年第2期解放军文艺出版社《红叶》

读战友平叛回忆录

车后亲人远，身前玉岭横。
朔风吹澹月，战马踏寒冰。
靖叛云峦越，亲民雪域馨。
珠峰晨旭壮，拉萨啭春鹂。

登载于2014年3月《中华诗词》；2019年12月中国书籍出版社军旅专辑《红叶诗词十年选》（中华诗词学会编）

鹏城战友重逢感赋二首

一

战友并行枪在肩，青春回望气如山。
冰河密锁千峰雪，铁甲横掀十里烟。
飞将鹏城欣把臂，腾云鹰翅怒翔天。
苍蝇几个东洋晃，赤帚一挥南海安。

二

挂剑林泉约远游，南天奋翼并轻鸥。
一壶浊酒抒鸿志，十万铁军扬虎头。
寰宇烟尘争扑面，神州风雨总凝眸。
兵歌齐唱鹏城壮，眼底吴钩看不休！

第一首登载于2016年第3期《鹰台诗词》（湖北省老年人大学鹰台诗社编）

【仙吕·忆王孙】蓉城访战友不遇

草堂云树拂春风，轻叩烟扉庐舍空，战地华年入梦中。大江东，一样深情两地同。

登载于2016年7月《中华诗词》

【仙吕·忆王孙】寄广东友人

浅黄嫩紫粤城东，久别逢君春意浓，握手舒眉溯旧踪。又东风，短柬新词寄素衷。

登载于 2016 年 7 月《中华诗词》

自卫反击一等功臣团 蓉城战友重逢喜赋

世纪风雷动八荒，中州虎旅志轩昂。
三边征路枪挑雨，百炼熔炉火淬钢。
奏凯南疆顽虏泣，效忠黎庶国威扬。
锦江摇臂情无限，剑气戎衣绕太行！

登载于 2016 年第 12 期《中华辞赋》

蓉城会军宣传处战友

北国野营帷帐静，南疆草檄羽书浓。
晨曦烽火枪惊魅，夜月关河笔带风。
但使丹心苏大地，何愁碧血化长虹。
锦城回马情依旧，阵雨倾杯夕照红！

登载于 2016 年第 12 期《中华辞赋》

游奉化溪口步祁兴久韵

剡溪流水去如烟，华胄纷来入梦酣。
兄弟阋墙邦土裂，炎黄携手凯歌旋。
慈庵壶范滋青草，武岭椽书映碧天。
野老收棋回首笑，霞明古镇醉酡颜。

登载于 2016 年第 12 期《中华辞赋》

丁酉贺岁奉和李文朝将军

高歌唤海暾，淑气暖园林。
碧落传春汛，黄鹂报好音。
难忘烽火路，常秉岁寒心。
喙爪勤磨砺，邦宁万代金！

登载于 2017 年第 2 期《湖北诗词》

送别退伍老兵王超战友韵

拥别军营热泪奔,回眸征路忆霜痕。
闯关飞骑狂飙卷,奏凯行杯浊酒温。
战地联铺鼾共响,洪区抢险渍犹存。
寰球云雨多翻覆,万里同研兵法孙。

登载于 2018 年第 1 期《武汉诗词》

战友杨礼溪来访同登黄鹤楼

北伐同心助北朝,南征并辔惩南妖。
踏平叠嶂千重险,望断层楼一串桥。
黄鹤翩翩归鄂渚,赤旗猎猎卷湘涛。
三沙极目心潮涌,皓首屠龙共举刀!

登载于 2018 年第 1 期《武汉诗词》

哀悼老首长成德禄将军逝世

慷慨悲歌起冀中,驱倭鞑虏骋雄风。
援朝怒马摧山姆,净孽雪原除鸷虫。
羽扇纶巾南庑灭,清风正气大旗红。
太行高耸人皆仰,翘首长天敬鲠忠!

登载于 2018 年第 1 期《心潮诗词》

拜访 88 岁的援朝战友贺铁肩

东湖拜逸贤，倚杖伫门前。
久别诗肩瘦，回眸弹雨寒。
驭长江滚滚，盼皓月圆圆。
朝地烽烟熄，同袍不下鞍。

登载于 2019 年第 1 期中华军旅诗词丛书《红叶》增刊

夏访成都，重逢抗美援朝战友师文印组冯宗源

阵图油印发军营，大雨滂沱重炮鸣。
坑道男儿挥铁笔，天兵鼙鼓下金城。
连年圣洁西山雪，骈马奔腾战友情。
见面捶肩双鬓白，凭栏纵目万峰青。

登载于 2019 年第 1 期《武汉诗词》

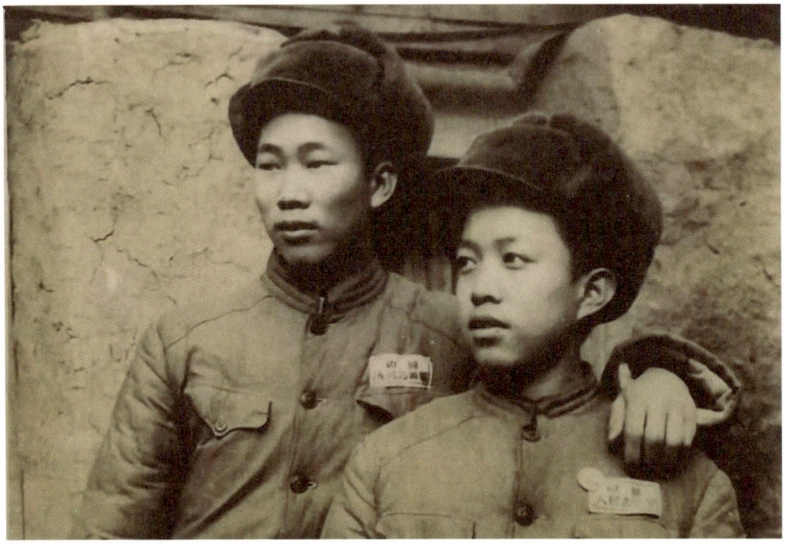

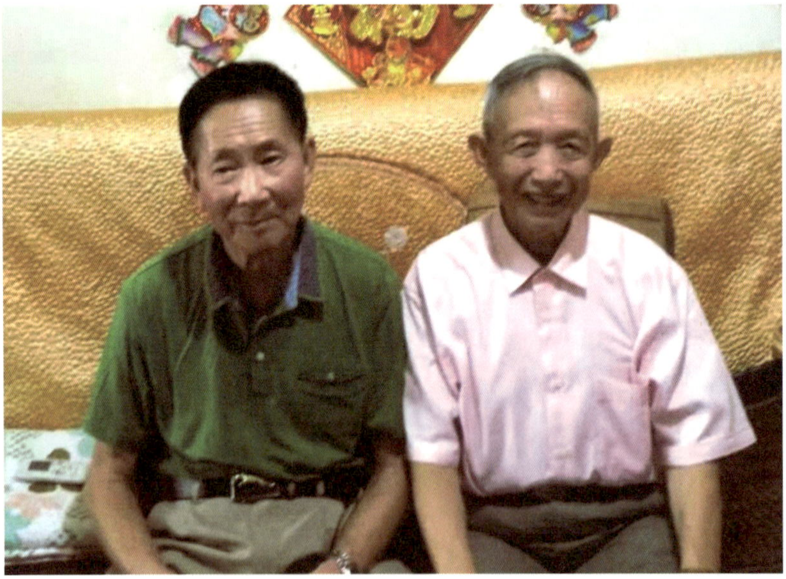

拜见王志高、李篷舟、马骏荣三位老首长，皆已年过 90，雄风犹在

高树鸣蝉书案明，欣逢三老锦官城。

烽烟八秩云吞月，沧海千舟浪卷星。

历数沙场人与事，轻呼战友姓和名。

斜阳满地留光影，敬礼前贤豪气增。

登载于 2019 年第 1 期《武汉诗词》

成都春行访军宣传处战友、某师首长符康富

缟縠中原挥虎旅，运筹韬略统雄师。

从容振笔兵车奋，飞速传书星火驰。

并辔华年同惩寇，重逢锦里共舒眉。

兴军往事谈难尽，报国豪情扑酒卮。

登载于 2021 年 6 月华中科技大学瑜珈诗社出品《瑜珈诗苑——庆祝中国共产党百年华诞 2021 仲夏诗会》

幸遇老部队战友——维和奇士汪中华

南湖烟雨醉春风，握手通名喜乍逢。
猛虎师中瞻宿将，维和队里显英雄。
瓦乌奋战工程巨，荆楚挥鞭羽纛红。
先后与君同壁垒，三生有幸拜精忠。

登载于 2021 年 12 月长江出版社《诗情墨韵每一天》

第四章

缅怀纪念

西吴曲·纪念毛泽东主席诞辰一百二十周年

西吴曲·纪念毛泽东主席诞辰一百二十周年

痛神州雨冷风骤，恨冠缨俯首事群寇。启南湖画艇，湘江波涌云怒。舞斧挥镰，装点得江山如绣。拓伟业新纪开篇，领袖四代赓歌奏。　　物迁星换，听主席垂询：春来孰肥孰瘦？好节候。党心民意相和，熏风吹绿，淑气甘泉酿酒。芳颜惊老，艳后褪却残红。任水远山高，扬赤帜前路！

登载于 2013 年第 4 期《鹰台诗词》（湖北省老年人大学鹰台诗社编）

念奴娇·缅怀毛泽东

神州沉陆。遍鹰盘熊踞，狼奔豕突。浪卷湘江天地动，万杆红旗齐矗。拭泪塘边，哼诗马背，挥手群魔伏。愁随云散，欢歌相荡相续。

风范海阔山高，满门英烈，处处埋忠骨。读破古今书万卷，笔耸冲霄飞纛。情暖昆仑，心融镰斧，微笑栽花竹。俏梅迎雪，盛开盈路盈谷。

登载于 1995 年 7 月解放军文艺出版社《红叶（第十二辑）》

秋色横空·纪念周总理一百周年诞辰

蚕食鲸吞，列强竞攫神州土。书生心事欲拿云，新路摧群丑。立国兴邦砥柱，崛中华，终生奋斗。补天宏业，创世奇勋，光前裕后。

血热情真，鞠躬尽瘁荣童叟。清廉勤勉铸丰碑，恩德蕃滋久。宽阔胸怀似海，播春风，清醇胜酒。俏梅含笑，满眼山花，连霄烟柳。

登载于1998年12月解放军文艺出版社《红叶（第十八辑）》

哀悼

健笔凌云扫万军，凛然浩气铸仁人。
撕开北约狰狞面，贴紧南盟滚烫心。
抛却头颅斥权霸，流干热血献昆仑。
炎黄儿女齐挥泪，赤帜低垂悼国魂。

登载于1999年3月《中华诗词》

万户颂

漫漫飞天路，求索上千年。
火箭出宋世，功绩何赫然。
万户①明奇杰，乘椅欲上天。
手举风筝大，木架背后缠。
火箭四十七，紧绑木架悬。
目注重霄九，心向白云边。
逐日追夸父，奔月会婵娟。
蟠桃索王母，问天答屈原。
霹雳一声响，身躯化轻烟。
皎皎蟾宫里，巍巍万户山。
伟哉开拓者，英名万古传。

注：① 14 世纪末，明朝烟火工匠万户欲借火箭推力飞向太空，因火箭爆炸遇难。为了纪念这位第一个想利用火箭飞天的人，月球上一座环形山以"万户"命名。

登载于 2003 年第 5 期《红叶》增刊

捧读赵朴老遗嘱

明月清风赤子心，万家冷暖系怀深。
庄严无我成真佛，利乐有情传德音。
花落还开花灼灼，水流不断水沉沉。
金针普度人何在？欲觅先生心底寻。

登载于 2001 年 7 月解放军文艺出版社《红叶（第二十三辑）》

沁园春·怀念严政将军

巴岭樵童，开国豪英，半纪学缘。溯波惊涛怒，初张赤帜；云低雾暗，三闯泥潭。跃马沂蒙，麾兵齐鲁，蔽日旌旗过大关。千帆发，云钟山风雨，地覆天翻。　　将军多彩耆年。续抗大延安治学篇。喜桑榆千树，红霞胜火；弦歌三镇，细柳含烟。负笈婆翁，交相称颂，武汉军区政委贤。人如在，念高山仰止，更拓新天。

登载于2004年湖北省军区老干部大学编辑的《严政将军纪念文集》

浣溪沙·送长霞

十四万人佩白花，长街泪雨洒灵车，哀声动地送长霞。心底无私装百姓，胸中有党镇千邪，嵩山翠柏壮中华。

登载于2005年6月解放军文艺出版社《红叶（第三十一辑）》

沁园春·李先念将军颂

锣响黄安，戟举黄麻，血染雪峰。怅河西鏖战，烟尘滚滚；祁连苦斗，粮弹空空。力挽狂澜，气吞顽虏，横扫强梁建伟功。丹心壮，引男儿七百，悲喜朝东。　　中原烈火熊熊。聚五万英豪义帜红。率铁军驰骋，弯弓射日；雄师突阵，振辔追风。开国元勋，兴邦砥柱，威震荆江万丈洪。人齐仰，缅先驱仪范，跃虎腾龙！

登载于2009年第4期《湖北诗词》

祭邓公

红梅花放报春时，遗烈萦怀热泪滋。
竹写丰功光永著，旗擎特色志难移。
征帆壮丽云程远，新纪辉煌汗马嘶。
酾酒盈杯三俯首，连天古柳绽青枝。

登载于 2009 年 12 月作家出版社《华夏经典诗词文选集》

临江仙·毁家纾难张振武[①]

荡产倾家何足惜，一心恢复神州。"清廷不倒我为奴！"天惊石破，壮语震千秋。　死守武昌排众议，狂澜力挽谁俦？命亡国贼恨难休。大江东去，流尽古今愁。

注：①张振武，湖北大竹人，1877年生。武昌起义前夕，说服父亲变卖房产筹措革命经费。他慨然说："倾家荡产算什么？清朝不倒，财产枉多还不是个小奴隶！"起义时，他联络学生军和标营参加攻打楚望台和清督署，起义后，任军务部副部长。阳夏之战汉口、汉阳失守后，他力排众议，坚决死守武昌，对稳定革命形势起到了重要作用。后被袁世凯秘密杀害，年仅36岁。

登载于 2011 年第 3 期解放军文艺出版社《红叶》

昭君颂

玉骨冰心画不成，荆山楚水孕芳卿。
明眸泪湿天街土，大义烟销铁甲兵。
玉帛含情融赤县，炎黄携手固长城。
琵琶声绕穹庐月，紫塞千年冢更青。

登载于《2016年吟咏昭君诗歌大奖赛应征作品汇编》，为入围作品。该书由中国民族学学会昭君文化研究分会、湖北省中华诗词学会、内蒙古自治区诗词学会、呼和浩特市昭君博物院出品

踏莎行·悼红叶诗社社长高锐老将军[1]

奏凯泉城，书生突锐，奇功浩气凝丹桂。横刀立马领精兵，文韬武略霜蹄碎。　　情溢香山，诗辉汉水，"将军学府"存心内。荆襄北望涌心潮，眸追鹤驾沿天轨。

注：① 2007年湖北将军学府诗词研究会成立时，高锐将军曾赋诗致贺。

登载于2016年第4期《金秋诗刊》（济南军区老战士诗词学习研究会主办）

减字木兰花·悼洪山老年大学何兴智校长

月低星落，甘载良朋惊驾鹤。风雨洪山，诗稿犹存雁唳寒。
江城椽笔，把酒论文天海碧。古道热肠，常忆先生泪湿裳。

登载于 2017 年第 1 期《鹰台诗词》（湖北省老年人大学鹰台诗社编）

浣溪沙·瞻仰东湖宾馆梅岭一号毛泽东旧居

楼口青松手自栽，柳丝轻拂岭头梅，闲庭信步壮诗裁。
新纪冰封催玉蕊，大洋浪啸响沉雷，东风万里燕归来。

登载于 2017 年第 2 期《鹰台诗词》（湖北省老年人大学鹰台诗社编）

痛悼王群书记逝世

振辔风驰号角吹，中原逐鹿闯重围。
春萌敕勒萋萋草，柳拂荆襄猎猎旗。
青冢欢腾花烂漫，碧川奔涌雨迷离。
未成遗愿归何早？诗韵江城惹梦思！

登载于 2018 年第 1 期《心潮诗词》

痛悼鹰台诗社李伟才老社长

秋浦西风断雁哀,连宵苦雨泣鹰台。
常思君在君何在?总想君回君不回。
泰斗高吟擎赤帜,骚坛清泪滴苍苔。
愿将厚德融诗页,万丈霓虹任剪裁。

登载于2018年第4期《鹰台诗词》(湖北省老年人大学鹰台诗社编)

贺新郎·纪念马克思诞辰二百周年

欧陆幽灵躞。有先驱,莱茵河畔,苦思难歇。旦夕心牵无产者,奋斗终身奔突。偕战友,宣言耀月。叱咤风云奴隶起,遍寰球地火烧妖孽。镰斧竖,险峰越。　　初心不忘翻新页。转乾坤,青锋重拭,素辉如雪。逐鹿还看新时代,寄望中华英杰。排浊浪,高擎马列。决胜小康开盛世,为人民福祉倾心血。赤帜举,壮图揭。

登载于2018年第5期《心潮诗词》

寿楼春·哀悼徐公明庭先生仙逝

双江流悠悠，痛先生驾鹤，清泪难收。几度欣瞻风范，壮怀无俦。谈笑里，倾冰瓯。领竹枝，声扬芳洲。每夜雨挑灯，秋晨送雁，诗赋动天陬。　　良师去，遗操留。有雄文溢帙，彪炳千秋。最念循循敦诱，诲存绸缪。高韵寓，常凝眸。望楚波，潮平飞舟。仰贤哲心灯，终生甘作孺子牛！

登载于 2019 年第 1 期《武汉诗词》

敬读红叶诗社任海泉社长在开国将军高锐同志百年诞辰纪念会上的讲话志感

突击泉城伏敌顽，骏蹄踏碎万峰烟。
林庐奋笔辉红叶，江海澄波醉青山。
开国披坚摧虎穴，凝魂沥血铸龙泉。
百龄纪念诗心赤，烽火霜枫仰至贤。

登载于 2019 年春《九州诗词》

【越调·天净沙】敬挽老社长陈龄彬仙逝

赤龙玉版金鸦，天庭新聘方家，踏燕飞奔骏马。白瑶台下，陈翁曲兴无涯。

登载于 2019 年第 2 期《武汉诗词》

临江仙·哀悼杨燕萍大姐逝世

习作刚蒙垂赞，慈颜犹在心中。乍闻噩耗四溟空。大江波郁结，朗日雾迷濛。　　施爱情牵孤寡，兴庠关注婆翁。江城出色女英雄。含悲思大姐，收泪驭长风。

登载于2019年夏《九州诗词》

寿楼春·哀悼萧克将军

传沙场文坛。领钢枪铁笔，驰骋江山。北伐锋芒初试，豫章惊弦。行万里，旌旗鲜。逾百春，横戈雕鞍。记浴血罗霄，雄词霹雳，征路漫烽烟。　　林泉静，诗情酣。率西山将士，红叶斑斓。笔底龙蛇飞舞，九天鹏抟。吟帜举，军魂牵。驾鹤归，哀思缠绵。仰云水清风，高歌动地能息肩？

登载于2019年12月中国书籍出版社《军旅诗词汇编：军旅诗钞》下编（中华诗词学会编）

【双调·大德歌】哀悼徐霁之先生逝世

人空寥，雨疏萧。驾鹤恩师腾碧霄。痛悼伤怀抱。扑簌簌，热泪抛。常记得将军学府殷勤教。缅忆涌心潮。

登载于2020年第2期《武汉诗词》

沉痛悼念李冬娥诗友

身影匆忙叠鼓催,晨昏筑梦放鹰台。
躬耕绿野春犁重,勤育青苗林霭开。
驾鹤奔云人渺渺,落梅泣雨雁哀哀。
时时总觉音容在,地远天遥君未回!

登载于 2021 年第 1 期《鹰台诗词》(湖北省老年人大学鹰台诗社编)

第三辑

时代洪流

第一章

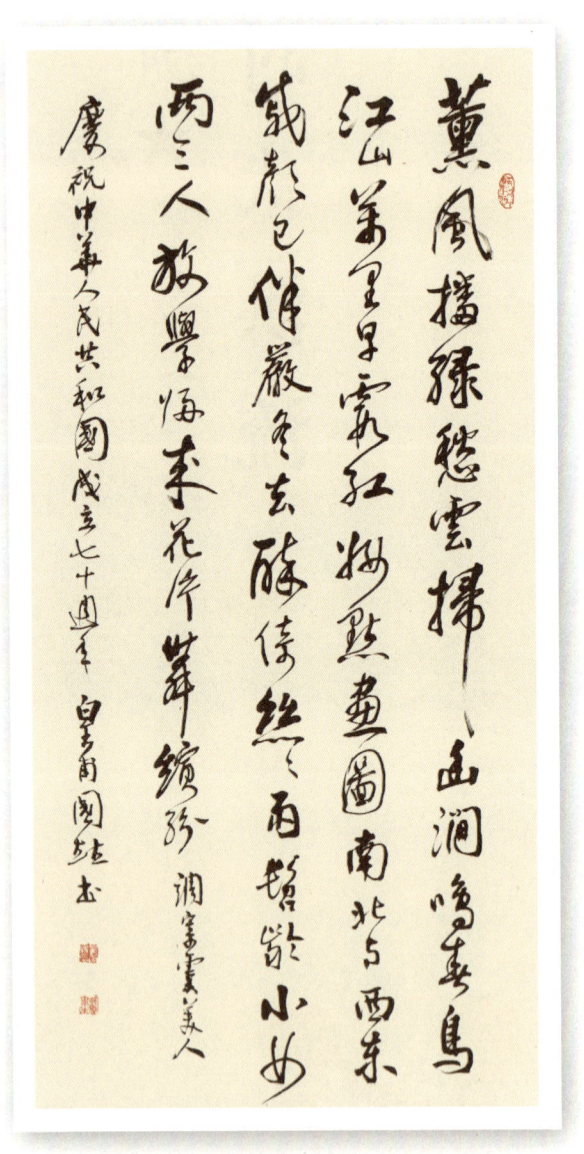

历史风云

虞美人·改革开放三十周年即景

菩萨蛮·过楚望台

楚台寂寞秋花艳，当年霹雳惊霄汉。风骤两江寒，一枪摧帝冠。台前长伫立，芳草连天碧。新纪月将圆，凝眸阿里山。

编者按：为纪念辛亥革命100周年，皇甫国应征写的一组小词，该词被镌刻在武汉市首义公园的碑林上。

登载于2015年第6期《湖北诗词》

鹧鸪天·雪山草地英雄赞

雪岭巍巍阻赤骖，摩星碍月万寻巅。雄鹰折翅岩羊泣，风卷红旗不下鞍。　　原浸水，草连天，推衣让食闯龙潭。芒鞋踏出光明路，又展长缨奋铁肩。

登载于2000年7月解放军文艺出版社《红叶（第二十一辑）》，2007年7月解放军文艺出版社《红叶诗词十年选》

菩萨蛮·鄂军都督府（红楼）

楼红松翠重霄耸，天翻地覆风云涌。秋气满蛇山，清宫听暮蝉。楼前台仍在，赤帜飘天外。君子岂无疆？为民勋业长。

登载于2003年《武昌民间艺术作品选》

读《五十四集团军军史》

铁拳无敌建奇功，辟地开天播誉隆。
旗插武昌三镇旦，戈横文市万山风。
驱倭挞蒋雷霆震，抗美捍疆烟水重。
庆父犹存时枕戟，卫和惩独羲云龙！

登载于 2004 年 8 月解放军文艺出版社《红叶（第二十九辑）》

重读《论持久战》

伟杰平倭策，男儿报国心。
狂魔犹虎视，壁剑作龙吟。

登载于 2005 年第 2 期《红叶》增刊

"抗大"展览观后

星驰风卷赴延安，校聚英才欲补天。
誓斩倭奴安社稷，敢拼热血献轩辕。
灯明窑洞研雄论，野耀银锄种稔年。
糖弹香风烽正炽，勿忘抗大火薪传。

登载于 2007 年 11 月解放军文艺出版社《红叶（第三十六辑）》

贺东北民主联军第八纵队成立六十周年[1]

风起云飞美丽河，联军列阵发高歌。
古田星斗征途灿，解放旌旗辽沈多。
驱蒋援朝歼狡虏，卫疆平乱伏妖魔。
铁拳击处威无敌，常铭使命振长戈。

注：①1947年8月1日，东北民主联军第八纵队在赤峰市美丽河（又称莫里河）组建。组建休整期间，纵队党委召开第一次扩大会议，于8月14日通过《关于严肃党纪军纪的决议》，明确提出以古田会议决议为指针，将"八纵"建设成一支纪律严明、坚强勇猛的党的军队。

登载于2008年7月解放军文艺出版社《红叶（第三十八辑）》

酒泉子·英雄连长萧锡谦[1]

烽火济南，城角敌楼高耸，炸声隆，兵气涌，破危垣。
锡谦连长闯前沿，争蹬陡梯攀越，矗墙头，旗猎猎，众心欢。

注：①济南战役中，萧锡谦连长受命率领全连通过连续爆破，攻占了全城制高点老城东南角气象台敌观察所，并从此处突破老城，将"打开济南府，活捉王耀武"的红旗插上了城头。

登载于2008年9月黄河出版社《鏖战泉城》（解放军红叶诗社、济南军区老战士诗词研究会编）

浣溪沙·榜罗镇会议

风卷残云破大关，榜罗灯火聚英贤。奠基陕北启征帆。
通渭峥嵘千代铸，红军步履九州嵌。永铭先烈跃雕鞍。

登载于 2010 年第 1 期解放军文艺出版社《红叶》

摸鱼儿·瞻仰孙中山故居

过香山，雨疏风软，凝眸先哲居处。小庭酸豆流新绿，芳溢井泉甘露。肝胆许，古榕下"长毛"故事鸣鼙鼓。兰溪常渡。聚挚友书窗，国医医国，清帝视尘土。　　雷霆动，起义旌旗遍举。何愁魑魅狂舞！青锋出匣诛妖孽，"大炮"声威称著。驱鞑虏，捣龙座，毕生奋斗争民主。春阳和煦。雾散彩云开，衣冠络绎，仰止景行路。

登载于 2011 年第 3 期解放军文艺出版社《红叶》

临江仙·首义学生军[①]

臂绕白标巡大道，书生扛起钢枪。"么装子弹射豺狼？"急呼学长，伏地说端详。　　坚守红楼残敌遁，青春意气昂扬。三城转战赤旗张。挥刀弄笔，热血荐炎黄。

注：①在武昌起义中，陆军测绘学堂、陆军第三中学等学校的学生组成学生军。

登载于 2011 年第 5 期《湖北诗词》

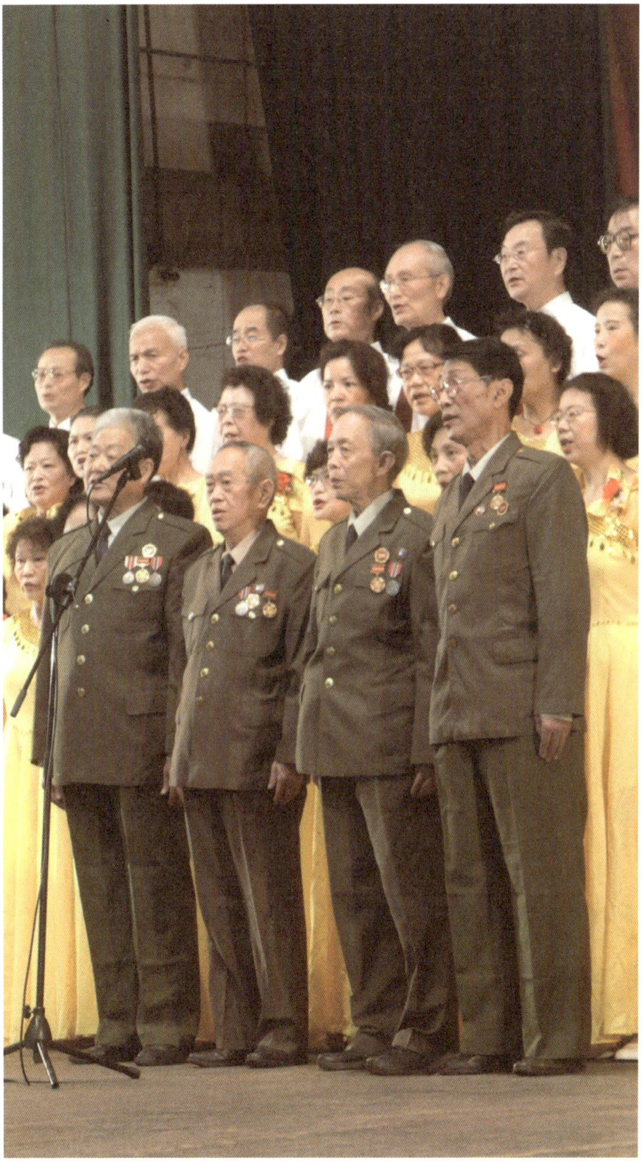

永遇乐·长征

波涌湘江，云遮辎重，如铁征路。遵义霞红，岷山雪霁，险碍同飞渡。六盘望雁，三军并骑，驱散漫天迷雾。卷山河，雄师东进，抗倭大旗狂舞。　　追风掣电，摧枯拉朽，奴隶当家作主。锐旅争先，铁拳无敌，红日心中驻。大关诛寇，长风跨海，又响深蓝金鼓。新航辟，花雨丝带，凌空鹤矗。

登载于 2016 年 11 月《中华诗词》，2019 年 12 月中国书籍出版社《军旅诗词汇编：军旅诗钞》下编（中华诗词学会编）

吕正操率部深入华北抗战

跃马太行霞满天，大清河上鼓征帆。
将军旗展临华北，八路声威震大川。
收复河山肩并铁，驱除寇虏气排山。
定教倭贼无藏处，遍地残花夕照寒。

登载于 2016 年第 12 期《中华辞赋》

百团大战

抗战旌旗火样红,百团奋起破囚笼。
掀翻铁轨倭蹄折,拔掉碉楼鬼舍空。
娘子关头风吼日,太行山下马如龙。
铁拳挥处狂魔伏,八路威名震亚东。

登载于 2016 年第 12 期《中华辞赋》

宝鼎现·荆楚雄师颂

楚天无际,虎踞华夏,中原枢纽。惊暗夜,枪鸣辛亥,清帝魂销风雨后。北伐举,赞雄军如铁,汀泗桥边伏寇。赤帜舞,黄麻起义,霹雳农奴怒吼。

革命风扫乌云厚。战洪湖,长戟依柳。倭犯急,烽烟鄂豫,先念麾师羁敌肘。破桶阵,突貔貅千队,敲响翻身节奏。捣腐恶,长江竞渡,万里清波酿酒。

欣看雾散云开,重织缀荆襄锦绣。警和平年代,三线争先奋斗。浊浪溢,痛民房覆,舍命倾心救。创伟绩,新纪腾龙,正是英雄节候!

登载于 2017 年 6 月武汉出版社《东湖风景独好·第二辑》

【黄钟·者剌古】瞻仰苏联空军烈士墓

仰锥碑，插昊天，柏翠花鲜。祭英雄，心浪翻，遥忆当年。骄鹰展翅，倭机冒烟。勇士血凝长空，浩气常萦武汉。神社魔影缠，战友再并鞍！

登载于2017年6月武汉出版社《东湖风景独好·第二辑》

新四军"挺纵"抗敌记吟

蝶恋花·大桥镇①奏凯

东进奇兵红一片，再振雄风，向北旌旗展。横渡大江顽寇剪，江都击贼倭奴偃。　　弓背伏兵歼猁犬，毒气忙施，残敌仓皇窜。威震大桥徽帜绚，两淮抗战开生面。

注：① 1939年10月初，陈毅传达中央关于发展苏北的指示，要求叶飞率部先行北渡长江。11月底，"江抗"与"江南抗日义勇军挺进纵队"合编为"新四军挺进纵队"。12月1日，一团随"挺纵"司令部北渡长江，到达大桥镇，在此打了一个胜仗。

登载于2018年第2期《金秋诗刊》（济南军区老战士诗词学习研究会主办）

蝶恋花·驰援半塔集①

苏北韩顽驱恶狗，上万熊兵，纷拥朝凑。"挺纵"挥戈风雨骤，驰援半塔歼骄虏。　　横跨天扬战狭路，截尾拦头，倭伪化成土。流水落花哀六旅，淮南雾扫江山秀。

注：① 1940年3月，国民党鲁苏战区副总司令韩德勤乘新四军江北指挥部主力西征之际，兴兵一万余人向津浦路东五支队后方机关所在地半塔集进攻。陈毅电令"挺纵"火速增援。叶飞率部对韩德勤主力独六旅展开进攻，将其击溃，取得了反摩擦胜利。

登载于2018年第2期《金秋诗刊》（济南军区老战士诗词学习研究会主办）

蝶恋花·郭村①保卫战

休整郭村征辔歇，气焰嚣张，顽虏发通牒。支队十三狼齿列，连番进犯妖氛沸。　　直取宜陵军号咽，义帜飙飙，通道连成铁。和议金樽销郁结，高歌东进云天彻。

注：① 1940年5月，新四军"挺纵"，移驻泰州西北的郭村休整。国民党苏鲁皖边区游击副总指挥李长江发出通牒，限"挺纵"3日内撤出，并调集13个支队（团）包围郭村，接连发动两次总攻，均遭击退。郭村战斗的胜利，奏响了我军东进序曲。

登载于2018年第2期《金秋诗刊》（济南军区老战士诗词学习研究会主办）

楚甚臺舞宴秋花豔當年
霹靂驚青漢風驟雨江寒
一搶帝冠臺前長佇立芳
艸連天碧新紀月將圓澄鮮
阿里山

臺南國華藝廊遇楚甚臺書藝展

戚氏·夜读太平天国史

暮笳鸣,击鼓催马救天京。甲帐风寒,铁衣冰冷,急回旌。堪惊!倒旗行,群王俯首弃长缨。如云义旅车盖,打不赢两万疲兵。曲院高阙,残阳衰草,后庭乐舞声声。惜戈横血溅,星坠城破,长夜冥冥。

飞镫,桂郡旗兴。浔、郁水迸,浪涌粤湘荆。"三原"训,万人齐应,夜退阳升。拄天倾,壮士弱女,农夫炭老,共创光明。斩妖夺寨,席卷钟山,切盼田亩同耕。

宝殿笙歌续,忘初起日,将士推羹。大盖王爷府第,竞金珠彩画势峥嵘。"义""安"遍地施威,卖官鬻爵,盘剥民悲哽。叹广西兄弟刀枪并,残骨肉,萁豆相烹。反利他,"好杀书生"。痛豪杰事业瞬飘零。对秋灯静,虚窗欲晓,起坐难平!

登载于2018年第3期《湖北诗词》

瞻仰翠亨村孙中山故居——纪念辛亥革命一百周年

农田[①]

三月开田蛤子欢,禾红十月盼丰年。
堪怜二亩六分地,旦夕煎熬泪涌泉。

注:①孙中山的父亲孙达成在翠亨村耕种过二亩六分地。

童年

私塾攻书眼界开，槟榔山上砍柴回。
村头细听长毛事，风雨神州响迅雷。

出洋

初上轮舟大海宽，风生云起浪浮烟。
欲穷天地寻新路，再造中华解倒悬。

书房

不求五桂一椽安①，笔砚油灯国是研。
听诊乡亲何处病？千年枷锁痛皇权。

注：①孙中山故居门联——一椽得所，五桂安居

裂匾

何来嘉瑞接长庚？①洋炮钢枪护清廷。
万点金星鸣霹雳，催开石匾引春莺。

注：①1892年，孙中山为发动武装斗争，利用所学知识自行配制炸药，试验时将翠亨村南门"瑞接长庚"的石匾炸裂。

登载于2019年12月中国书籍出版社军旅专辑《红叶诗词十年选》（中华诗词学会编）

莺啼序·武昌首义赋

神州漫天雾罩,隐沉舟病树。鸶鹰叫,鸦乱鸡飞,旷野鸿雁惊顾。铁蹄过,残红碎碧,龙楼凤阙斜阳暮。黯芳园,宵雨潺潺,送将春去。

滚滚鸣雷,卷水撼岳,震凶豺腐蠹。义旗举,枪响寒秋,楚台云奔风怒。动双江、红楼号令,落皇冠、晴川金鼓。遍中华,拉朽摧枯,气吞豺虎。

长河日夜,大浪淘沙,汗青历史铸。四万万,饱经沧海,碰壁孙黄[1],走马袁张[2],哪来民主?南湖画舫,撑开烟瘴,晨光初照流霞绚,扫浮埃,赤纛凌霄舞。工农踊跃,君王梦断金陵,帝宫惨淡尘土。

新元景换,柳醒花苏,喜小康共富。越百载,人民权利,喊了多回,只有而今,实归黎庶。青峦着意,雏莺娇啭,清讴高唱群起和,协音声齐谱同心赋。中山倾首欣然:"谨祝成功,须防止步。"

注:①孙黄:孙文、黄兴;②袁张:袁世凯、张勋。

登载于2019年12月中国书籍出版社《军旅诗词汇编:军旅诗钞》下编(中华诗词学会编)

第二章

吟诵赞歌

锦堂春慢·欢庆党的十七大召开

沁园春·十五大召开喜赋

南岭云驰，北阙霞升，旭日耀东。觉香江江水，归来更碧；香山山叶，霜际真红。菊绽天街，月圆河汉，济济中华一代雄。旗高举，议兴邦大计，气贯长虹。　　催征鼙鼓隆隆，十二亿神州起卧龙。正大漠油喷，远疆楼挤，钢花织锦，银箭凌空。勠力同心，倡廉拒腐，继往开来再建功。迎新纪，看万帆齐发，破浪乘风。

登载于1998年7月解放军文艺出版社《红叶（第十七辑）》

"三中全会"赞

雷动风摧，地火冲霄紫。
冰开日暖，天河度野青。

登载于2001年7月经济日报出版社《党旗颂诗词联大观》

浣溪沙·欢呼十六大胜利召开

三代核心创大观，长征接力有群贤，潮平风正耀锤镰。
世纪航标明远道，新元骐骥着先鞭，鲲鹏展翅搏长天。

登载于2003年1月《中华诗词》

六州歌头·颂歌献给党

黑云暗雾，关塞吼西风。豺虎踊，魑魅纵，舞妖风，泣哀鸿，压顶三山重。雷霆轰，响空中，南湖涌，游艇动，党旗红。春雨及时，原草连天翁，席卷严冬。求翻身解放，大纛引工农，旭日东升，耀寰中。　聚神州众，炎黄种，新世纪，竞豪雄。镰斧耸，黎庶拥，稻粱丰，远洋通。法肃贪官恐，除癌肿，扫蟊虫，人心拢，甘辛共，悲欢同。苦干埋头，实现千年梦，气贯长虹。祝青春永驻，接踵建丰功，禹甸腾龙！

登载于 2002 年 2 月解放军文艺出版社《红叶（第二十四辑）》

锦堂春慢·欢庆党的十七大召开

沧海汤汤，金乌冉冉，光铺万里洪波。习习金风，今夕霁月更多。漠北岭南云聚，俊杰贤士星罗。仰赤旗猎猎，鼓号声声，再谱新歌。　九州同心舒腕，把瑶花瑞草，种傍银河。装点高原秋色，铁马穿梭。好鸟嘤嘤合唱，沐胜景、天地人和。定使锤镰焕彩，无限关山，遍野香禾。

登载于 2007 年第 4 期《武汉诗词》

浪淘沙·国庆感怀

　　暮云坠，滩盘外舰，野走妖孽。华夏三江泪咽，炎黄四亿眦裂。正地焰蒸腾湘赣粤，举镰斧，革命旗揭。问海内轩辕子孙辈，谁甘做奴妾？

　　风烈，猛吹朽树枯叶。遍怒火燎原连天起，桀纣残梦歇。齐喜庆翻身，山海欢悦。万民勃发，争奋飞，冲破千番周折。

　　销尽秋霜冬冰雪，乾坤转，创新轨辙。领黎庶，同心开伟业。望寥廓，草绿花红；党指路，和谐鼎盛笙歌彻！

登载于 2001 年 7 月经济日报出版社《党旗颂诗词联大观》

庆祝建党九十周年喜赋

　　嘉辰九秩气如虹，四海炎黄唱大风。
　　世博华冠倾宇内，神舟名片启蟾宫。
　　莺啼广厦江山丽，旗耀锤镰岱岳崇。
　　驹骥同怀千里志，奋蹄奔涌尽朝东。

登载于 2011 年《武汉诗词》庆祝中国共产党建党九十周年特刊，获庆祝中国共产党建党 90 周年诗词曲联创作比赛三等奖

西河·十八届三中全会召开感赋

寰宇动，京华幕揭霞翕。韶年卅五又三中，壮心织梦。顶层设计画蓝图，仙桃和露同种。　　号声响，肝胆共。激扬亿万群众。声声改革拂春风，跃蛟起凤。拍蝇打虎润人心，欢歌原野飘送。　　为民执政责任重。总凝眸，街道田垄。地气接来添勇，与寻常巷陌人家相拥，长保江山红旗耸。

登载于 2013 年第 6 期《湖北诗词》

沁园春·学习习近平主席新年贺词喜赋

大地春回，百年雾散，云淡天高。喜南沙驱鳄，国旗猎猎；西陲送暖，丝路迢迢。扎紧藩篱，湔除蝇虎，万仞昆仑赤帜飘。甘泉涌，献京津兄弟，南水滔滔。　　神州给力扬镳，贺新岁钟声震九霄。正弓开箭疾，直摧秃鹫；关雄道远，再抖征袍。推动双轮，奋飞两翼，依法图新展伟韬。蛮拼的，仰京华大大，点赞英豪。

登载于 2015 年第 2 期《湖北诗词》

沁园春·申年两会

雪霁中华，紫陌春浓，霾散日高。正风调雨顺，小康孕福；山清水碧，大圣降妖。议政华堂，添砖广厦，代表庄严献伟韬。凝眸处，竞千红万紫，起凤腾蛟。　　欣闻开局钟敲，再奋起全民共挺腰。要坚持梦想，勇于付出；敞开怀抱，乐助朋曹。鞠躬人民，连心世界，湔尽繁难涌大潮。鹏程远，喜帆悬舵正，赤帜云飘。

登载于2016年第3期《湖北诗词》

庆祝党的生日

南湖画舫映晨旭，北斗星辉导远航。
千载奇功兴社稷，九旬新景变沧桑。
拍蝇擒虎风涛涌，探月飞舟意气扬。
洗尽沉霾山水碧，清宵好雨送新凉。

登载于2016年第3期《金秋诗刊》（济南军区老战士诗词学习研究会主办）

贺新郎·迎十九大抒怀

迈步从头越。望神州、高山苍莽，大江澄澈。八柱四梁框架立[①]，广厦凌霄傍月。尘垢净、啼莺舞蝶。异国衣冠临西子，又钟情丝路来京阙。箫鼓奏，德音协。　　风云激荡肝肠热。启征帆、青春引棹，白头扬楫。狮醒亚东龙腾海，万仞昆仑迎雪。春雨细、无声润物。接踵挨肩衣袖撸，克万难紧扣同心结。旗焕彩，志凝铁。

注：①习近平同志2017年新年贺词指出："各领域具有四梁八柱性质的改革主体框架已经基本确立。"

贺新郎·钢枪拱卫千秋业

远海军歌烈。骋艨艟、长天逐浪，大洋追月。剑啸东风惊雷震，立体长城谁越？洪波涌、男儿热血。筑梦强军齐抖擞，看精兵劲旅英雄列。锤镰举，壮图揭。　　回眸征路豪情沸。最难忘、南昌赤旆，井冈黄钺。五岭乌蒙齐俯首，十四年倭歼灭。兴禹向、红梅傲雪。九秩沧桑寰宇换，靠钢枪拱卫千秋业。霞似锦，肩如铁。

贺新郎·兰芷芬芳扬古调

江汉弦歌彻。遍荆襄、行吟泽畔,几多诗客!翠带飘飘神女下,曲唱竹枝青叶。翔彩凤、云蒸霞蔚。海峡喜联兄弟谊,更心潮文论风骚协。齐踵武,屈毛聂。　　龟蛇雄起宏图揭。大江东、中游焕彩,洪波飞楫。紫气东来三镇俏,春好洪湖娟月。辉鄂渚、先声九阙。兰芷芬芳扬古调,喜北荒枯草萌新蘖。黄鹤翥,楚天阔。

【黄金辉点评】"三魂"主题皆以同一词牌《贺新郎》写来,却又各具特色,各显其义,非手法老到者不能为!尤其《兰芷芬芳扬古调》更有荆楚诗风韵味。

登载于 2017 年 9 月中国文化发展出版社《党魂、国魂、军魂　三魂颂》

沁园春·登黄鹤楼
——庆祝改革开放 40 周年

江汉茫茫,吴楚苍苍,鸟逐浪飞。看天边黄鹤,乘风归渚;楼头赤帜,映日生辉。家国兴亡,黎元忧乐,望远凭栏五岳低。春光好,喜神州大地,满目芳菲。　　长江滚滚东推,绘万里雄图史册垂。念千帆竞渡,摧枯拉朽;三中举桨,雷动风摧。协力攻坚,同心筑梦,九派高歌画角吹。洪波涌,有核心掌舵,共沐朝曦。

登载于 2018 年第 3 期《武汉诗词》

春歌
——庆祝中华人民共和国成立 70 周年

酣霞染柳晓晴新，寸草春原碧渐匀。
蚕织丹心凝爱网，风送时雨润芳林。

登载于 2019 年第 2 期《鹰台诗词》（湖北省老年人大学鹰台诗社编）

虞美人·改革开放三十周年即景

熏风播绿愁云扫，幽涧鸣春鸟。江山万里早霞红，装点画图南北与西东。　　戚颜已伴严冬去，醉倚丝丝雨。髫龄小女两三人，放学归来花片舞缤纷。

【吴江涛点评】上片写景如绘，清新自然，春鸟含情，词笔生花。下片"髫龄小女"，跃上词笺，寓无限希望。煞拍"花片舞缤纷"，设色巧妙，生机盎然，情景交融。笔法秀雅、意境灵动。

登载于 2009 年 9 月《全省老年大学庆祝新中国六十华诞诗词大赛"鹰台杯"获奖作品集》，获一等奖，该书由中共湖北省委老干部局、湖北省老年大学出版内刊，2019 年 12 月中国书籍出版社《军旅诗词汇编：军旅诗钞》下编（中华诗词学会编），书法作品获 2010 年武汉市军休书画一等奖

贺新郎·习主席在特别峰会上的讲话

峰会群雄列。议时谋，全球抗疫，视频纷说。伏案从容抒奇略，华夏宏音鸣彻。四建议，回春妙诀。大考面临须奋战，克时艰直捣妖魔穴。齐协力，除妖孽。　　瘟侵禹域江城咽。勇担当，九州挽臂，毒魔烟灭。拉网联防驱瘴雾，万国方舟一叶。命运共，融通凉热。道道青山同云雨，愿人类含笑相关切。澄碧宇，沐明月。

登载于 2020 年第 2 期《武汉诗词》

柬埔寨洪森首相专程访华慰问赞

灾凶举世惊，夜壑鸱鸮鸣。
首相殷勤问，弟兄肝胆呈。
良朋称铁杆，患难见真情。
携手驱瘟疫，春风拂楚荆。

登载于 2020 年第 1-2 期《鹰台诗词》（湖北省老年人大学鹰台诗社编）合刊庚子抗疫特刊

最高楼·庆祝中国共产党百年华诞

南湖涌,夜褪绮霞升,百载九州兴。锤镰辉耀天澄澈,风云激荡气纵横。为人民,驱虎豹,献丹诚。　　说什么,隘关谁敢越;说什么,险途坚似铁。旗指路,向光明。安邦任重初心铸,小康景好画图呈。学先锋,朝北阙,展长缨。

登载于 2021 年中国文化发展出版社《辉煌百年》(鹰台诗词 2021 年 2 月特刊)

【中吕·山坡羊】颂百年党庆

河山新沐,锤镰高矗。光辉百载长征路。勇驰驱,不踟蹰,扬鞭踏碎千重雾,跨越小康臻乐土。军,齐劲舞。民,齐劲舞。

登载于 2021 年 7 月中国文化出版社《迪光诗刊——庆祝中国共产党成立 100 周年》(武汉市洪山老年大学迪光诗社编)

【正宫·塞鸿秋】颂南湖红船

嘉兴日出东方霁,南湖画舫澄波翠。为民建党心潮沸,开天辟地蓝图绘。源头汇巨流,烟雨凝嘉卉。风流人物今朝最。

登载于 2021 年 7 月中国文化出版社《迪光诗刊——庆祝中国共产党成立 100 周年》(武汉市洪山老年大学迪光诗社编)

第三章

爱国诗篇

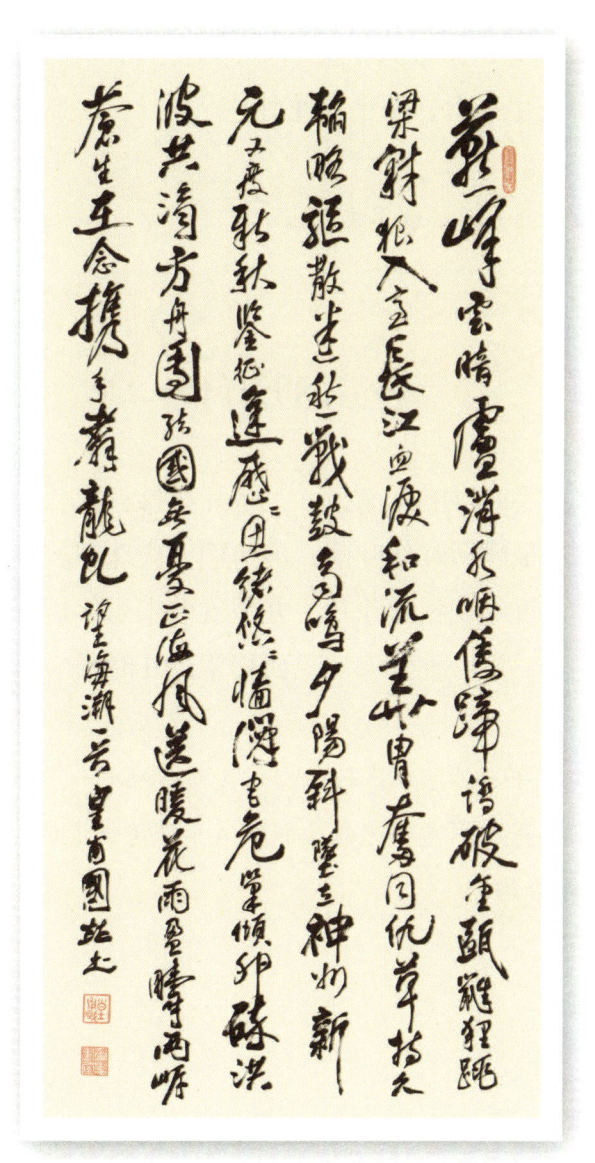

望海潮·纪念抗日战争胜利 60 周年

望海潮·纪念抗日战争胜利 60 周年

燕峰云暗，卢沟水咽，倭蹄踏破金瓯。狸鼬跳梁，豺狼入室，长江血泪和流。华胄奋同仇！决持久韬略，驱散迷愁。战鼓齐鸣，国人喋血挽神州。　　新元又度新秋。鉴征途历历，思绪悠悠。墙阋宅危，巢倾卵碎，洪波共济方舟。国盛岂无忧，正海风输暖，花雨盈畴。两岸苍生在念，携手觱龙虬！

登载于 1996 年 6 月解放军文艺出版社《红叶（第十三辑）》

香港回归抒怀

零时钟响震南天，玉帐牙旗拂喜筵。
根腐回眸伤叶落，河清额手庆珠还。
百年积垢涮除日，九域欢歌丰乐年！
一瓣心香萦海峡，西楼望月几时圆？

登载于 1998 年 5 月学苑出版社出版《回归颂——中华诗词大赛获奖作品集》，2019 年 12 月中国书籍出版社《军旅诗词汇编：军旅诗钞》下编（中华诗词学会编）

答荆江抗洪指挥员

1998年秋,某集团军指挥员统率英雄部队参加荆江抗洪斗争,功勋卓著,皇甫曾献词致敬。2019年春节,将军来函贺年,再赋小诗以答

羽檄动雕弓,将军气势雄。
荆江平浊浪,铁旅建丰功。
血肉凝堤埂,壶浆伴花丛。
洪湖春烂漫,常忆战旗红。

登载于1999年12月解放军文艺出版社《红叶(第二十辑)》,2019年12月中国书籍出版社《军旅诗词汇编:军旅诗钞》下编(中华诗词学会编)

荷叶杯·澳门回归遐思

翻碧叶摇青露,旋住。初萼映霞红。亭亭莲茎弄晨风,香动海云中。　轻傍紫荆花绽,归雁。春雨绿神州。似闻阿里鸟声稠,人倚最高楼。

登载于1999年12月解放军文艺出版社《红叶(第二十辑)》,2007年7月解放军文艺出版社《红叶诗词十年选》

中华世纪颂

地火冲霄紫，天河度野青。
神州重抖擞，万马振朱缨。

登载于 2000 年第 3 期《湖北诗词》

贺新郎·中国申奥成功喜赋

捷报高空彻。遍神州，鼓声动地，礼花筛月。八载今圆申奥梦，喜绽华裔双靥。激浪涌，红旗千叠。寰海同胞相拥泣，庆炎黄从此开新页。美酒尽，国歌热。　　回眸奥运心如割。想当年，山河破碎，庶民流血。孤影茕茕穿赛场，饮恨长春泪噎[①]。谁愿做，东亚病卒。斗转星移天地换，抖长缨云起关山越。新世纪，共飞楫。

注：①指中国运动员刘长春孤身一人参加 1932 年奥运会。

登载于 2002 年 2 月解放军文艺出版社《红叶（第二十四辑）》

贺新郎·汗血宝马重现中华喜赋[①]

天马关山越。拂云飞,刚离西域,又腾东阙。骏骨峥嵘蹄踏雪,轻蹴交河冰裂。驰万里,方看汗血。当日红场曾检阅,更扬鞭祝捷欢声彻。今赠我,倍雄杰。

高歌汉武雄图歇[②]。逾千年,神奇宝马,悄然无迹。禹甸重光雷霆动,齐仰龙媒电抹[③]。土库曼,谊高情切。报李投桃君与我,赋同心携手翻新页。熄战燧,共明月。

注:①汗血宝马,土库曼斯坦所赠。2002年6月17日空运到天津,转运至北京郊区育马中心。其先代曾为朱可夫元帅坐骑,参加1945年5月9日苏联反法西斯胜利日红场阅兵;②汉武帝从大宛获汗血马后,曾作《西极天马之歌》;③龙媒,即天马。《汉书·礼乐志》云:"天马徕兮龙之媒。"

登载于2003年9月解放军文艺出版社《红叶(第二十七辑)》

鹧鸪天·神舟翔天畅想曲

春到广寒喜气腾,姮娥舒腕理瑶筝。迎客吴刚新酿桂,拥军小玉再调羹。　朝北斗,越群星,神舟联袂驭云升。参加月里联欢会,种育天庭事竟成。

登载于2003年3月解放军文艺出版社《红叶(第二十六辑)》

长征五号火箭

"神舟"五号巡天抒怀

银河无际费搜寻，地外文明绕梦魂。
星海茫茫情切切，风雷滚滚宇深深。
路遥岂撼冲霄志，旅险难摧报国心。
伟杰操舟天外落，微闻月桂播芳馨。

登载于2003年第5期《红叶》增刊

兰陵王·决战小汤山

抗"非典"，赤县全民奋战。温泉涌，军号劲吹，七日巍然矗医院。中枢运庙算，明断，三军急援。红旗舞，强将劲兵，日夜兼程水天远。

同仇赴危难。恨病毒施威，黎庶涂炭。深情凝聚冲前线。任母老雏幼，事忙婚搁，京华驱疫热血献。汗青镌新传。

宏愿：黑云散。更赤胆包身，神技医染。丹心一片春风暖。听北阙鸾鸣，岭南莺啭。降魔功竣，鼓乐震，皓月满。

登载于2003年第3期《红叶》增刊

水调歌头·世纪新曲（敬步毛主席原韵）

绿雨苏天地，红日抚河山。凝眸海角天涯，童叟俱欢颜。热汗、高科、大路，装点如花生活，新曲绕云端。黎庶续青史，祖国画中看。

擎镰斧，与时进，扮烟寰。小康焕彩，不是天上是人间。振起长缨万丈，飞越难关远道，世纪凯歌还。全面小康日，再把翠峰攀。

登载于 2004 年 2 月解放军文艺出版社《红叶（第二十八辑）》

欢迎连战先生首访大陆

相逢握手泯恩仇，暖语香花热九州。
六秩回归凝泪眼，四城欢聚喜心头。
和风已解三冬雪，大海寻通两岸舟。
叠翅鹊桥连宇内，弟兄并辔固金瓯。

登载于 2005 年 10 月《武汉诗词》总第十辑

江南春·两岸春节包机首次直航

山隐隐，水迢迢。归愁佳节近，乡思海楼高。浮云风卷长天碧，鹏冀高翔心作桥。

登载于 2005 年 10 月《武汉诗词》总第十辑

纪念抗日战争胜利六十周年

禹甸重光六十年，全民欢庆靖烽烟。
将军振笔风雷起，八路高歌剑气寒。
扬子屠城血三尽，黄河摧虏兵百团。
扶桑阴霾弥神社，常把吴钩仔细看。

登载于 2006 年第 1 期《武汉诗词楹联学会通讯》

浣溪沙·香港回归十年喜赋

一片深情望紫荆，十年并辔马蹄轻，长空比翼大潮升。
永固金瓯圆美梦，凝眸台海盼归翎，同观乐乐与盈盈①。

注：①乐乐与盈盈：庆祝香港回归十年祖国赠送给香港的一对大熊猫。

登载于 2007 年第 4 期《武汉诗词》

浣溪沙·汶川特大地震

地裂天崩震汶川，云愁雾惨罡风寒，声声哀号搅心肝。
十万精兵临蜀水，八方关爱暖岷山，凤凰浴火焘瀛寰。

登载于 2008 年第 3 期《湖北诗词》

八六子·欢庆奥运

硕巢成,引凰栖凤,啁啾百鸟和鸣。喜万国衣冠座上,五环琼佩胸前,福娃遍城。　京华瑞气盈盈。赤县百年痴梦,金牌万丈豪情。喜赤帜高悬,影飘天际,国歌频奏,健儿雄起,争传虎帐谈兵子夜,鸡声催舞黎明。细倾听,欢呼五洲纵横。

登载于2008年第3期《红叶》增刊

忆余杭·汶川感动·郎铮

真爱郎铮。三岁孩童闻世界,荒墟石下哭呼声。获救赖天兵。

带伤担架行军礼,橄榄绿从众惊喜。九州鱼水铸新章,"小鬼"好坚强!

登载于2008年总第3期《边塞诗刊》(兰州军区兰州老战士大学边塞诗社主办)

千秋岁·纪念济南战役胜利六十周年

百泉争涌,垂柳轻烟笼,千佛静,明湖动。沙堤云树绕,商埠人潮拥。迎六秩,放歌一曲长城颂。　决战奇谋用,惊虏黄粱梦。军十万,全入瓮。捣城开伟业,序曲抚新弄。衔使命,振军再贾当年勇。

登载于2008年9月黄河出版社《鏖战泉城》(解放军红叶诗社、济南军区老战士诗词研究会编)

拜星月慢·神七升空骋怀

鹊噪清秋，盈盈牛女，互倚深情俯瞰。霹雳隆隆，焘银河拖焰。俏神七,转眼,腾云驾雾飞绮,揽月追星惊艳。久伫嫦娥,叠欢声呼唤。

出舱行，赤星英雄胆。重霄走，信步阳台畔。问候各路神仙，结朋友琼殿。细商量，构建空间站。齐翘首，广宇红旗焕。筑爱厦，共叙和谐，隔时空不断。

登载于2009年第2期《湖北诗词》

【仙吕宫·点绛唇】述怀

戎马生涯，纵横天下，笔挥洒。血献中华，化作新图画。

登载于2012年第1期《武汉诗词》

行香子·贺神九升空

剑啸东方，龙凤翱翔。驭神九、气宇轩昂。齐挥军礼，直上苍穹。共谱新曲，织新梦，扮新妆。　　九霄交会，百步穿杨。驻天宫、惊动玉皇。心连家国，话表衷肠。祝人长在，花常好，酒常香！

登载于2012年10月《中华诗词》

减字木兰花·两岸代表炎帝陵前共同浇种"连根树"

山峦叠翠，绿满塘田萦圣地。峡暖波平，公祭神州第一陵。
中华始祖，耒耜桑麻蕃我汝。浇树连根，霜干峥嵘镇海宁。

登载于 2013 年第 1 期《湖北诗词》

满江红·钓鱼岛壮歌

东海长天，钓鱼岛，神州珠烁。千百载，打鱼张网，鸥飞鱼跃。可惜中华桑梓地，惨遭外寇豺狼嚼。鼠跳梁，"购岛"欲鲸吞，真邪恶！　海图定，疆线确；风舰动，雄鹰搏。揽长缨在手，定擒凶鳄。万箭鸣弦金鼓震，千船竞发渔歌作。沉雷彻，大雨洗膻腥，黎民乐。

登载于 2013 年 1 月《中华诗词》，2019 年 12 月中国书籍出版社《军旅诗词汇编：军旅诗钞》下编（中华诗词学会编）

渔家傲·贺景海鹏、陈冬太空筑梦

三十三天圆梦想，鹏冬联袂长空敞，一鹤排云同俯仰。星河朗，双雄私语"心真爽"。　对接天宫心激荡，将军五秩斟佳酿，地上碧霄齐鼓掌。中华壮，直冲银汉谁能挡！

登载于 2016 年第 6 期《湖北诗词》

沁园春·赞南水北调

汉水丹江，北顾登程，一路春风。送清清琼浆，碧滋林莽；甜甜幽梦，暖透亲朋。豫冀平原，京津高阙，泉水奔腾走玉骢。人欢笑，竞踏歌起舞，稻麦青葱。　　依依垂柳烟笼，转身望、移民意万重。恋千年故土，泪珠滚滚；一声车笛，暮霭濛濛。背井离乡，开天辟地，只把甘流贻父兄。心头热，把无疆大爱，洒向寰中。

登载于 2013 年第 1 期《金秋诗刊》

抗洪新曲

固堤堵漏解民愁，力挽狂澜战未休。
风雨弥空迷彩艳，洪波泻地壮心留。
轻生敢闯蛟龙窟，救死频摇舴艋舟。
泥染军装盈野绿，青山不改水长流。

登载于 2016 年第 1 期中华军旅诗词丛书《红叶》

渔家傲·第七届世界军运会我军代表团誓师

嘹亮军歌鸣北阙，健儿五百心头热。高举铁拳声振铁。倾碧血，如山使命吾承接！　　祖国荣光心内贴，顽强拼搏争超越。扬我军威频报捷。寰球悦，和平友谊翻新页。

登载于 2020 年第 1 期中华军旅诗词丛书《红叶》

丙申中秋览月
时天宫二号发射成功

喜见天心月又圆,霜阶把酒对婵娟。
姮娥起舞迎新客,仙桂凝香播嫩寒。
圆缺阴晴情永久,悲欢离合道循环。
沉霾片瞬遮银魄,风起云收玉宇宽。

登载于2017年第1期《心潮诗词》

【中吕·喜春来带普天乐】
2018年元旦升旗仪式礼赞

朝霞焕彩晨光耀,军号扬声春正韶,掀风健步动天骄。真俊好,万众赞雄豪。(带)亮军锋,摇嵩岳,国歌高唱,赤帜凌霄。朝阳照眼明,黎庶开怀笑。百战雄师容高傲。看中华,时代风骚。苍松挺立,白鸽欢舞,碧海惊潮!

登载于2019年3月《楚天散曲》创刊号

贺新郎·武汉送别援鄂医疗队

疫退方舱撤。奏骊歌,英雄返里,隔窗挥别。警车前开道,敬礼长街童耋。齐掩泪,吞声哽咽。机场水门①高礼遇,更长天焕彩霓虹接。凯乐动,壮怀烈。　　斗魔回首情犹切。想当时,瘟君肆虐,楚荆颠蹶。最美逆行争上阵,天使白衣如雪。辞骨肉,冲歼毒窟。忘死舍生肝胆献,救武汉拼命倾心血。恩不忘,谊奔沸。

注:①水门,机场迎送最高礼遇,意为"接风洗尘"。

登载于《武汉诗词》2020抗疫特刊

抗疫家庭纪实

江城万户斗瘟神,志士临危敢惜身。
罩口迎曦庭寂寂,撑躯踏月草莘莘。
健儿抖擞征车急,老母龙钟关爱频。
可喜疫情初现拐,芳园乍绽玉兰新。

登载于《武汉诗词》2020抗疫特刊

临江仙·国家公祭日有感

炼狱国殇扬子咽,斜阳衰草金陵。苍生卅万尽吞声。悲风掀暴日,泪雨祭亡灵。　　家国维新铭旧恨,长城新筑邦宁。石头警笛震天鸣。仇华嚎恶虎,击房振豪情!

登载于2017年第1期《金秋诗刊》(济南军区老战士诗词学习研究会主办)

【正宫·汉东山】澳门回归二十年

濠江漾晓钟,妈祖倚霓虹,横琴动遥空。端节也么哥,廿载荷香庆云红。海浪涌,丝路通,竞豪雄。

登载于2020年第1期《金秋诗刊》(济南军区老战士诗词学习研究会主办)

临江仙·武汉抗疫除夕书怀

除夕银屏欢叫,挨肩翁媪难分。良辰隔别祝儿孙。城封车驾杳,苑静蜡梅馨。　　牵系亲朋消息,静聆抗疫宏音。全民奋起力千钧。中华齐抖擞,武汉更精神!

登载于2020年第1-2期《鹰台诗词》(湖北省老年人大学鹰台诗社编)合刊庚子抗疫特刊

第四章

人物群像

撑紧螺钉撑大厦
把牢方向炼丹心

摘自《学雷锋喜赋》

高阳台·怀念焦裕禄

河道惊沙,寒风弄草,洼窝盐碱凝霜。茅屋牛棚,话声人影情长。嚼馍擎伞查灾害,杖作舟,探涉汪洋。典型彰:秦寨、韩村、赵垛、双杨。　　忠肝赤胆呈黎庶,看荒原麦秀,林带桐香。盲妪孤扉,送粮书记敲窗。坐穿藤椅铺蒲席:"搞什么,富丽堂皇!"跋高冈,仰望先贤,云水苍茫。

登载于 2003 年 3 月解放军文艺出版社《红叶(第二十六辑)》

渔家傲·赞英雄试飞员李中华[1]

大漠罡风烟雾暗,穿空一跃飞如电。万米俯冲沙扑面。稳拉杆,轰鸣声里流星灿。　　"眼镜蛇形"挑极限,桂冠轻摘人争羡。使命铭胸勤奉献。立宏愿,巡天再铸平妖剑!

注:[1]李中华,空军指挥学院原训练部副部长,是挑战极限的试飞英雄。2007 年被中央军委授予"英雄试飞员"荣誉称号,中央军委主席习近平签署命令,授予李中华"八一勋章"。

登载于 2018 年第 2 期中华军旅诗词丛书《红叶》,2019 年 12 月中国书籍出版社《军旅诗词汇编:军旅诗钞》下编(中华诗词学会编)

夜半乐·记"中国核潜艇之父"黄旭华[1]

蔚蓝大海深潜，痴翁六秩，亲伴鱼龙舞。海底铸龙泉，毕生参与。怒涛乍息，惊风又起，卅年擒鳌追鲸，劈波争渡。伏水怪，冲锋不回顾。

少年壮志许国，一去汪洋，故家何处？人默默，无言轻歌低诉。父亡难返，阴阳永隔；食言礼拜划船，赧逢娇女。听慈训，三哥泪如雨。

畅叙今梦：耄耋磨刀，艳阳常驻。砺海下艨艟猛如虎。血鲜红，濡染赤帜邦疆固。驰老骥，再踏天涯路。碧波千顷长天曙。

注：①黄旭华，中国核潜艇研究总工程师。为保守国家最高机密，隐姓埋名30年。他在家中排行老三，功成回家时93岁高龄的母亲特地把兄弟姊妹聚在一起说："三哥的事，大家要谅解。"使黄旭华激动流泪。

登载于2019年12月中国书籍出版社《军旅诗词汇编：军旅诗钞》下编（中华诗词学会编）

【双调·殿前喜带播海令带大喜人心】
黄旭华潜身追梦记

华堂焕彩聚群雄，欢呼逐浪涌。轻拉并坐沐春风，习近平，传情重。卅年潜海效精忠，大洋起卧龙！

【带】钢炮轰，血泪倾，倭寇凶。故国残，书生痛。研神器，气贯虹。蓝鲸跃，震亚东。四海纵横五洋通，沧海飞玉虹！

【带】潜身潜身大海中，岁月勤追梦。靖远洋，丹心共；保家邦，献股肱。

登载于2019年4月中国文化发展出版社《极目楚天舒——第三届鹰台杯诗赛优秀作品集萃》

记收废品者"党员义工"滕大毛[1]

单车吱嘎过前街，吆喝声声吕律谐。
废品生涯人有德，良心磅秤价无猜。
排忧爱管身边事，正品常辞不义财。
荒货党员豪气发："义工我也站前排！"

注：[1]滕大毛事迹见《楚天都市报》2008年4月5日B24版马冀《收破烂啰收破烂》一文。

登载于2008年第5期《湖北诗词》

更漏子·1998年特大洪灾被救的小江珊捐款寄汉川

淹嘉鱼，吞远浦，滚滚洪波推树。飞快艇，救江珊，长宵风雨寒。天地浑，汶川震，小小江珊泪忍。无限意，寄岷江："少年要自强！"

登载于2008年《湖北诗词》——抗汶川地震 吟北京奥运特刊，2009年第1期《甘肃诗词》

法曲献仙音·华山独臂挑夫何天武[1]

千尺幢头，万寻崖上，独臂攀援高处。背篓肩沉，石阶苔滑，竹杖擎天撑拄。望绝壁苍龙岭，秋风撼云树。　　病妻故，幼儿啼、瘦孤谁哺？筋骨在、频踏险关梯路。破晓早登程，护残家、挣命何惧？冷水馒头，跋山巅、十载苦度。历三千朝暮，大爱凝成天武。

注：[1]何天武妻子20年前患病去世，留下巨额债务和两个年幼的孩子。为了挣钱养家，他到河南平顶山挖煤，一次事故失去左臂。他坚守"决不下跪讨饭"的底线来到华山，当了挑夫。十年来，他三千多次登临华山之巅，用血汗撑起了残缺的家。

登载于2010年第5期《湖北诗词》

渔家傲·金晶[①]颂

圣火熊熊传吉愿，峥嵘铁塔鲜花绽，塞纳河边轮椅转，芳容灿，和平天使巴黎现。　　黑手猛伸豺虎窜，全呈"藏独"狰狞面，紧护祥云光更绚，狂徒惮，中华儿女全球赞。

注：① 2008年4月7日，在法国埃菲尔铁塔开始北京奥运火炬第五站的环球传递活动。中国残疾女孩金晶乘轮椅时，"藏独"分子冲上去试图抢走火炬。金晶面对凶徒，毫不畏惧，双手紧抱火炬，用残弱身躯捍卫奥运精神，受到全球同声称赞。

登载于2008年11月解放军文艺出版社《红叶（第三十九辑）》

赞火海救人英雄李道洲

天降神兵剪困愁，擎旗陷阵总排头。
山摇冲险汶川泣，火炽捐身江汉讴。
大勇弥天匡世难，丹心向日解民忧。
雷锋盛德今重现，齐仰英雄李道洲！

登载于2018年第3期《武汉诗词》

贺新郎·时代楷模张富清

戎马关山北。献青春，壶梯突进，勇摧魔窟。激战永丰飞身上，轰响碉楼烟灭。弹擦顶，殷红溢血。彭总勋章亲身授，细叮咛勉励真亲切。求解放，志如铁。　　转移阵地山区扎。隐功名，艰难奋斗，为民竭蹶。战友牺牲埋忠骨，每念清宵泪噎。勤奉献，终身不歇。坚守初心书精彩，习近平壮语嘱英杰。聚万众，创宏业。

登载于2019年第5期《梨园诗刊》（武汉市梨园街古典诗词班编辑部）

疏捞工

斑驳井墙敷绿苔，胶靴手套下梯来。
冲天腐气阴沟漫，换得心声混浊排。
驱驭水龙尘涤荡，梳妆玉宇月徘徊。
铮铮泉韵萦街静，习习暖风恋阁回。
只愿通衢香草醉，何妨冷眼美人筛。
一身灰土无穷乐，欣看芳园百卉开！

登载于2013年第1期《鹰台诗词》（湖北省老年人大学鹰台诗社编）

破阵子·记抗疫中的武汉市军休管理干部郑国铭

系念家家疫况,倾听户户呼声。电话答疑情恳切,微信征询意赤诚。晨昏忙不停。　　送菜送粮心热,问寒问暖音轻。接力奔波人影瘦,触目辉煌夕照明。真心为老兵。

登载于2020年第1-2期《鹰台诗词》(湖北省老年人大学鹰台诗社编)合刊庚子抗疫特刊

高阳台·王庆平烈士[①]

战友生还,英雄溅血,沉雷卷起悲风。犹指身藏,赠儿弹壳殷红。六龄乐乐频寻父:"天国间,电话能通?"柳营空,热泪纷飞,思念无穷。　　盈腔挚爱呈黎庶,总阳和春暖,意切情浓。心系街区,九旬孤老茕茕。雷鸣电闪书刊散,助阿姨,收拾从容。众喁喁:润物无声,当代雷锋。

注:① 2005年2月22日,上海警备区通信站原副教导员王庆平率领通信站组织手榴弹实弹投掷训练,为救战友而牺牲。王庆平曾答应儿子乐乐带回两个弹壳,重伤后生命弥留之际,他将手费力地指向胸前的口袋,口袋里有两枚带血的弹壳。儿子找爸爸,妈妈说爸爸到天国去了,儿子要给天国打电话。王庆平经常到居委会看望孤寡老人,曾帮助书报亭的阿姨在暴风雨到来之时收捡报纸书刊。

登载于2012年第3期《北京诗苑》

渔家傲·凉山救火英雄赞

雷击凉山山火烈，烽烟滚滚横空擎。蓦地爆燃冲九阙。旗猎猎，驰援扑救兵心切。　　陡壁断崖攀不歇，为民蹈险飞身越。慷慨牺牲倾热血。悲歌彻，英雄浩气辉星月。

登载于2019年第2期《梨园诗刊》（武汉市梨园街古典诗词班编辑部）

编者按：2019年3月30日18时许，四川省凉山州木里县雅砻江镇立尔村地区发生森林火灾。3月31日下午，扑火人员在转场途中，受瞬间风力突变影响，突遇山火爆燃，包括杨达瓦、邹平、捌斤在内的30名扑火英雄牺牲。

诚信兄弟孙水林孙东林[1]赞

双星璀璨耀穹苍，兄弟英雄美誉扬。
万里飞车倾热血，千钧立德写华章。
冰河夜雪薪囊重，茅屋秋风雨梦香。
生死多情青史铸，顶天立地两孙郎。

注：[1] 2010年2月10日，在北京从事建筑业的黄陂居民孙水林为抢在春节前给已回汉的农民工发放工钱，连夜冒雪从天津驾车回汉，一家五口在河南兰考重大车祸中不幸遇难。其在天津工地的弟弟孙东林为实现哥哥心愿，赶在年前将筹集的33.6万元工钱一分不少地送到60余名农民工手中，被誉为"诚信兄弟"。

登载于2017年6月武汉出版社《东湖风景独好·第二辑》

【越调·黄蔷薇带庆元贞】
来凤农民侯长辉汛期背娃过河上学 40 年

汛洪催涨水,怒马势难羁。开学钟声响起,童稚河边着急!【带】肩扛弟妹踩深溪,四十寒暑去如飞。"大哥"缓缓变须眉。晨曦漾玉晖,"老伯"又来背!

登载于 2019 年 5 月中国文化出版社《迪光诗刊》(武汉市洪山老年大学迪光诗社编 2019 年第一期)

"麻木车"素描[①](七绝)

踩日蹬风一溜烟,二三里路两元钱。
筋疲汗滴尘污面,月黑迎门小女牵。

注:①麻木车:当地市民对载人三轮车的称呼。

登载于 2000 年 12 月解放军文艺出版社《红叶(第二十二辑)》

咏拾废品者

晓肩寒月夜挑星,捡废除污一担横。
眼白眼青随笑语,自强自立亦峥嵘。

登载于 2001 年 7 月解放军文艺出版社《红叶(第二十三辑)》

赠学习雷锋模范赵明才同志[1]

雷锋战友学雷锋，溧水青山耸劲松。
北驻南征志尤壮，春来秋去情愈浓。
雨丝风片吹林绿，夜冷霜寒觉火红。
学习宣传勤实践，雷锋品德耀长虹！

注：①赵明才同志，江苏溧水县人武部原政委，1960年11月任排长时与雷锋同志在沈阳军区工程兵政工会上介绍体会。多次立功受奖，曾受到毛主席接见。退休后坚持学习、宣传和实践雷锋精神，被评为全国关心下一代工作先进个人。

登载于2002年2月解放军文艺出版社《红叶（第二十四辑）》

金人捧露盘·背篓乡邮员陈方见[1]

朔风狂，冰路滑，雪茫茫。万峰里，人影踉跄。连心使者，送长天鸿雁入山乡。卅年寒暑，挂竹笜，馍冷泉香。　婆婆赞，娃娃拽，邮路上，美名扬。岩嶝蔓，牵绊情长。风侵雪砺，弹指间双鬓染微霜。此身犹健，为乡亲，背篓常扛。

注：①湖北恩施县绿葱坡镇辛家邮路乡邮员陈方见，22岁参加工作，30年来，在海拔1800米，常年被冰雪覆盖的几百里崎岖山路上，背着背篓为13个行政村的12000多山民服务，行程达60多万公里，背负邮件总量超过10吨。被选为第十届全国职工职业道德建设"十佳标兵"之一。

登载于2008年11月解放军文艺出版社《红叶（第三十九辑）》

第四辑

世间万象

第一章
旅游见闻

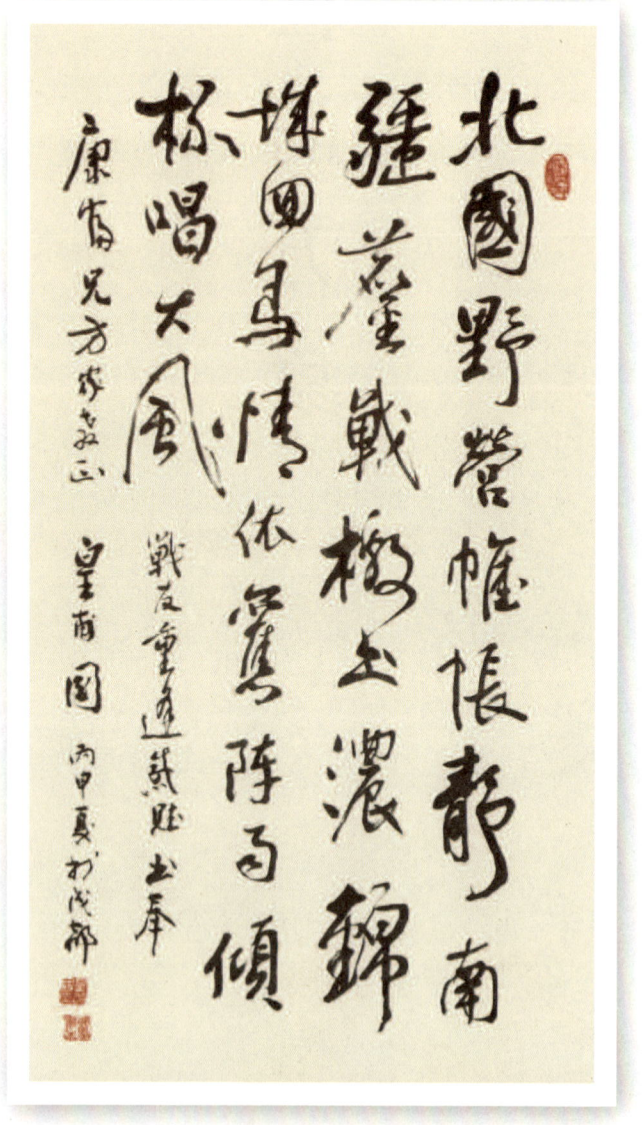

战友重逢感赋

临江仙·登成都合江亭

云淡风柔天水碧,危亭俯对蓉城。双流涌日带涛声。左思高唱,犹激浪千层。　　喜上韦皋登览处,玉溪故道闻莺。一桥五路傍潮生。川西高地,昂首看龙腾!

登载于 2001 年 7 月经济日报出版社《党旗颂诗词联大观》

辛巳春节重谒杜甫草堂[①]

一路花灯探草堂,古木幽深溪水长。
万里桥西风拂柳,欲无还有蜡梅香。
皇甫重来谒诗圣,水槛空庭立苍茫。
松青竹秀桃蕊娇,小板桥头涌心潮。
神州广厦千万座,先生仍是三重茅。
妻子无愁九州定,诗书有意五岳高。
田父泥饮声尚扬,野航摆渡波犹凉。
彤云四合床疑湿,江船一火夜吐光。
世上疮痍笔下宇,百花潭北水泱泱。
锦城丝管更纷纷,宝马香车娇气嗔。
麻将声声阵图密,冠盖济济酒杯深。
冻骨不再横道路,民主法制治朱门。

注:①杜甫故居茅屋景区已重建。

登载于 2002 年 2 月解放军文艺出版社《红叶(第二十四辑)》

咏三星堆[①]

蚕丛奠蜀岂茫然，宝现三星瑞气蟠。
目纵灵眸穿玉宇，臂环伟像耸莲冠。
文明古国添奇彩，世纪神州展大观。
户掩居深人不识，门开崛起涌来看。

注：①三星堆位于四川省广汉市城西，全国重点文物保护单位，列入世界文化遗产目录。

登载于 2002 年 2 月解放军文艺出版社《红叶（第二十四辑）》

船过芜湖（一）

争先争后凭邻客，如醉如痴祝后生。
布伞军鞋天下事，笑迎风雨过芜城。

登载于 2006 年第 2 期《武汉诗词》

船过芜湖（二）

楚河汉界喧邻客，软语轻歌醉后生。
雨伞军鞋天下事，满江风雨下芜城。

登载于 2008 年第 1 期《武汉诗词》

浣溪沙·西湖行

泥润燕来山不孤，轻歌细语漾平湖，村娃海客笑相呼。
不必离群耽古寺，何妨入世献微躯，漫天花雨共挥锄。

登载于 2008 年第 3 期《武汉诗词》

粉蝶儿·海南黎族三月三

　　曙色春莺，唤醒睡山梦海，叙衷情，树旁花外。送秋波，木叶翠，靓妆伴盖。伴甜歌，酣舞两心欢爱。　　槟榔轻嚼，香果美味常在①。觐双亲，煮鱼烹蟹。意浓浓，都化入，山栏稻②酒。鹿回头③，无际白波澎湃。

　　注：①槟榔是黎族青年男女婚姻的媒介，女方一旦吃了男方的槟榔，就表示同意订婚；②山栏稻，海南米稻名；③黎族有神鹿回头化为少女，与黎族男青年相爱的故事。

登载于 2008 年总第 3 期《边塞诗刊》（兰州军区兰州老战士大学边塞诗社主办）

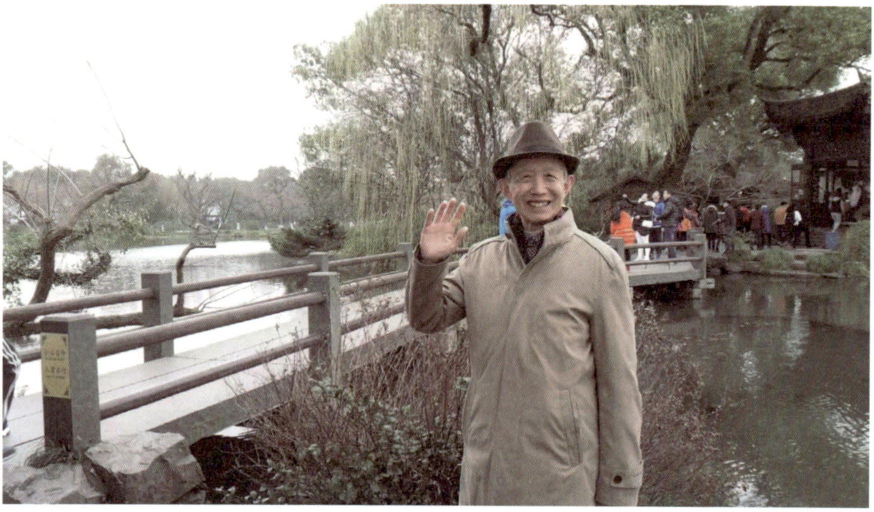

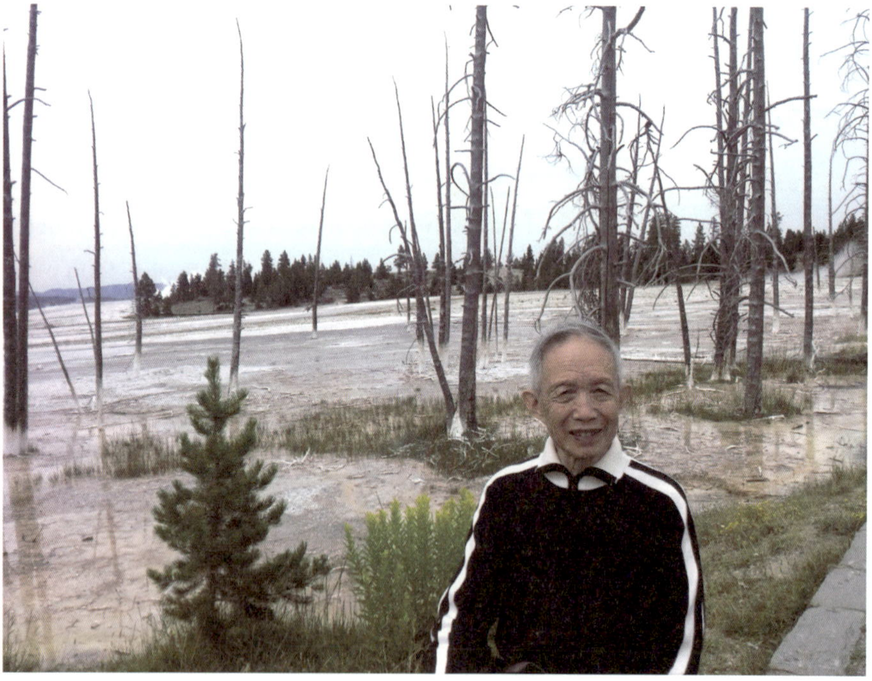

金门行（组诗）

晨曦上船

东渡金门曙色开，和风细雨梦中回。
轻鸥几点争相接，翅展沧浯①日影来。

长堤防波

金门在眼树婆娑，一线长堤筑石坡。
两岸亲情防不住，时时掀起万层波。

出舱登岸

贴岸舱开已到家，眼前宝岛美如花。
红羊同历恩仇泯，一步迎来五彩霞。

仙洲②晚霞

浯岛③霞烧涨落晖，留连竟日不思归。
水头④回楫情无尽，夕照鸬鹚远望微。

注：①②③沧浯、仙洲、浯岛，皆为金门别名。④水头，金门码头。

登载于2013年第1期《红叶》增刊

二郎神·朝鲜战争停战 60 周年赴韩国旅游有感

船辞浦，浪卷雪，邮轮新渡。正苦战硝烟停六秩，凝霜鬓，慨然东去。瀛岛①韩姬迎远客，素袖窄，呢喃软语。过首尔，凌霄广厦，景福宫笼云树。　　回顾。刀兵进退，号啼黎庶。倏烈焰风驰过鸭绿，惊赤县，齐鸣金鼓。义旅三年拼血肉，换来了、和平鸽舞。愿南北莺歌，半岛冰融，春光常驻。

注：①韩雷济州岛，古称瀛洲岛。

登载于 2013 年第 4 期《鹰台诗词》（湖北省老年人大学鹰台诗社编）

旅欧诗稿（三首）

旅欧机上作

鬓霜犹骋少年雄，挥手昆仑乘好风。
驼铃丝路紫塞北，追风掣电过欧东。
哈森镰斧平公宅①，路易兴亡帝子宫②。
扫净浮云凝望眼，又经关隘几多重！

注：① 1922 年，邓小平曾到法国夏莱特市勤工俭学；②指路易王朝的凡尔赛宫。

登载于 2015 年第 1 期《北京诗苑》

欧游感怀

八秩赴欧洲，辞家浪漫游。
谁嫌言语异，总觉友情稠。
萍水虽过客，烟峦却挽留。
中宵回望处，天际月如钩。

登载于 2015 年第 1 期《武汉诗词》

一剪梅·旅欧忆远

塞纳清波涌画舟，水也悠悠，思也悠悠。海涯华发独遨游，我在欧洲，君在亚洲。　　梦里与君鸾凤俦，同摄轻鸥，同唱清讴。醒来斜月照琼楼，微信传愁，不解离愁。

登载于 2015 年第 1 期《武汉诗词》

减字木兰花·游巴黎

埃菲塔耸，帽落天高吟兴涌。浅笑婀娜，少女花间望似歌。欲寻雨果，楼隐烟霞飞鸟过。法语铿锵，总觉他乡似故乡。

登载于 2015 年第 2 期《湖北诗词》

卢浮宫维纳斯雕像

仙姝缺臂更销魂,欲走还留慢转身。
隐去纤肢添想象,古今何处觅完人?

登载于 2015 年第 2 期《湖北诗词》

打油诗一首

不懂外语真怕丢,丢到外国真发愁,莫道年老走不动,飕飕,紧跟导游不转头。

西江月·访绍兴鲁迅故里"三味书屋"

书屋匾横三味,蜡梅寂寞依墙。雕"早"字傍车厢,犹是当年模样①。　高树尚存蝉蜕,乌篷驶出汪洋。迅翁今日在何方?留下丝丝惆怅。

注:①鲁迅少年在三味书屋求学时,一次因事迟到受到塾师寿镜吾批评,鲁迅在课桌右角刻下一个"早"字以自警。

登载于 2015 年第 3 期中华军旅诗词丛书《红叶》

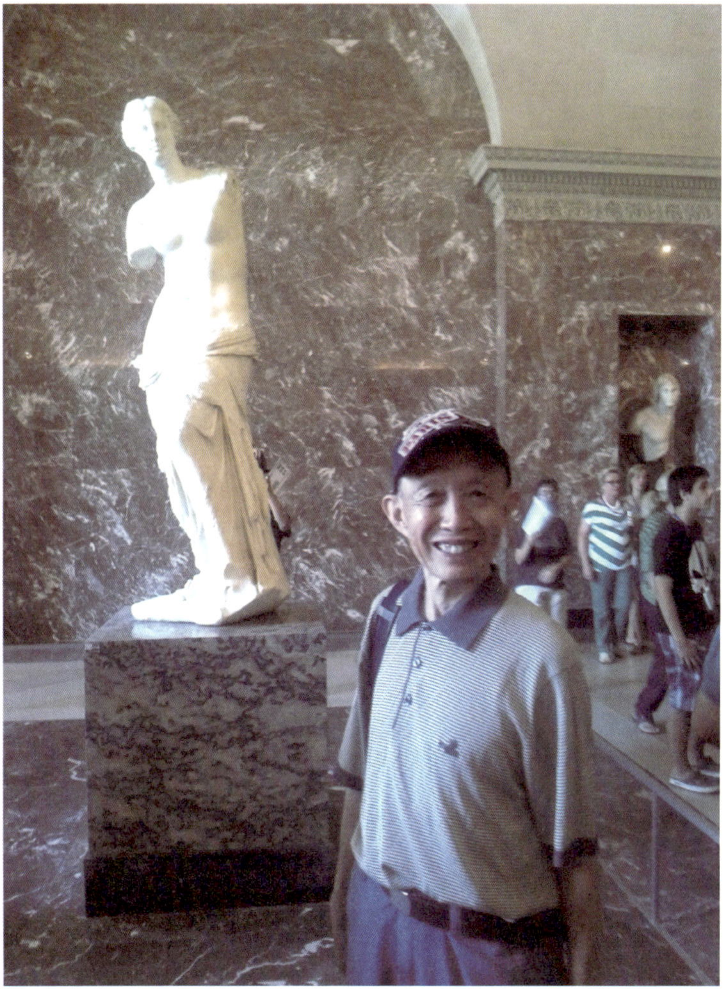

西江月·细雨登吴山城隍阁

幽径人稀苔滑,阁前烟雨氤氲。凝眸神像仰周新[①],廉吏风仪奇峻。　扫却浮霾腥雾,迎来山水清芬。须防西子再蒙尘,切记除妖务尽!

注:①周新,明永乐年间任浙江按察使,为官清廉,人称"冷面寒铁"。因冒犯权贵被杀。皇帝为平息民愤,称梦见周新在杭州做了城隍。杭州人在吴山为他建了一座城隍庙。

登载于2015年第5期《心潮诗词》

旅美诗稿

临江仙·黄昏飞越太平洋

浓墨横空涂抹,橙红耀眼铺开,暮云覆海变蓝灰。长天驱健翮,大地起沉雷。　颅顶银侵疏鬓,心头浪激惊慐,太平繁响梦中催。月星辉玉帛,花雨过蓬莱。

登载于2016年第1期《武汉诗词》

临江仙·立秋后访纽约

云厦横空列阵，楼船吞海弥烟，女神擎炬炫西天。凉风生大地，落木荡微澜。　　华尔铜牛铮亮，悠然革履狂欢，寰球山姆舞翩跹。凝眸寒沾袖，回首日衔山。

登载于 2016 年第 1 期《武汉诗词》

临江仙·乘《雾中少女》号游船水上看尼亚加拉大瀑布

万顷清波泻碧，雾中少女乘风。弥霄暴雨失船踪。惊雷天破裂，跳玉水朦胧。　　珠裹雨衣身湿，歌摇奔瀑心雄。自然亲近乐无穷。归途斜照里，雪幕闪霓虹。

登载于 2016 年第 1 期《武汉诗词》

临江仙·游美国大提顿公园

雪岭冰湖飞瀑，野牛松鼠羚羊。群峰齐兀郁苍苍。车移山色变，云起水流长。　　丛树青蓝红紫，鸣禽格碟铿锵。清风随路送秋阳。回眸大提顿，一曲韵悠长。

登载于 2016 年第 2 期中华军旅诗词丛书《红叶》

临江仙·游美国黄石公国

水火冰风雕就，岩崖池瀑多娇。沸泉喷孔地中烧。溪清林化石，波动顶翔雕。　　印第安人何在？箭头曜石[①]迢遥。鹰峰熊齿[②]矗重霄。自然生态好，心逐白云高。

注：①起源于 11 000 年前的克拉维斯文化，是古印第安人创建的，人们发现了同时代的黑曜石箭头；②鹰峰熊齿，皆山名。

登载于 2016 年第 2 期《心潮诗词》

水调歌头·重游钱塘过 G20 晚会会址

兵老胆犹壮，振辔又东游。西湖烟景重现，画舫桨声柔。曲院风荷春梦，尚记申年佳会，禽鸟自鸣幽。雄国聚轩冕，仙乐绕汀州。

乘长风，破叠浪，放轻舟。云涛万里，弄潮天海欲何求？川普狂言盈耳，黎庶愁颜触目，常蕴百年忧。书剑伴华发，鳞翮鬻金秋！

登载于 2017 年第 2 期《金秋诗刊》（济南军区老战士诗词学习研究会主办）

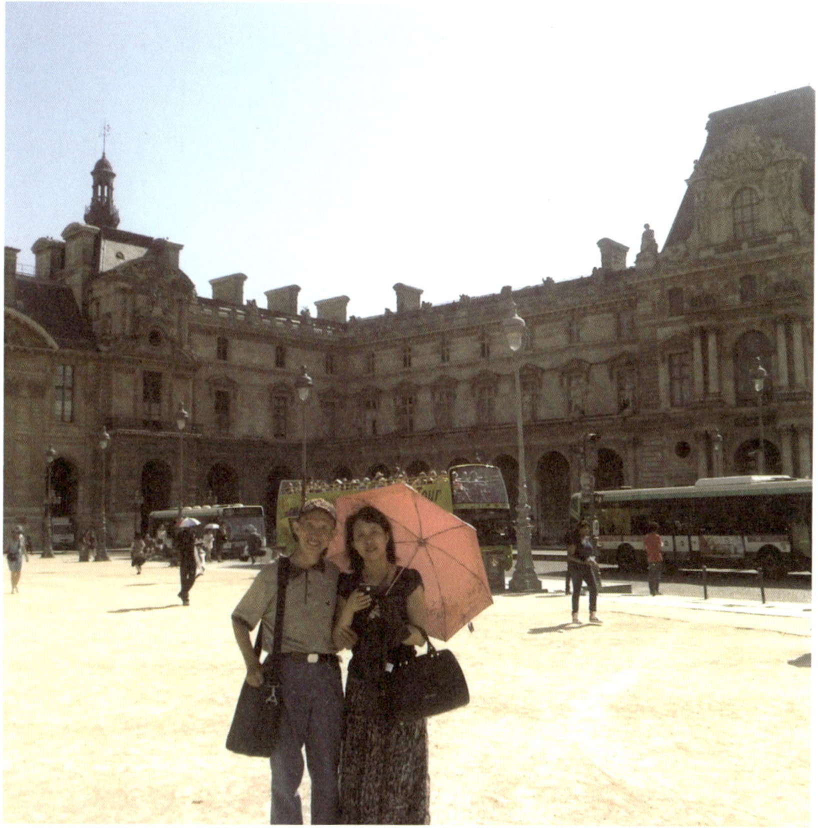

登岳阳楼怀杜甫

洞庭波涌渚烟秋,子美高怀孰与俦?
拾橡秦州诗带血,漂舟湘水泪盈眸。
黎民瘦骨撑千壑,霸主军声动五洲。
拍遍栏杆凝望眼,红旗影里岳阳楼。

登载于 2017 年 9 月《中华诗词》,2019 年 12 月中国书籍出版社《军旅诗词汇编:军旅诗钞》下编(中华诗词学会编)

浣溪沙·过湘西凤凰镇

数点飞花带雨馨,凤凰碧水恋流云,虹桥烟笼柳枝新。
野渡观鱼轻举桨,窄桥碰面慢移身,心中景好正春深。

登载于 2017 年 9 月《中华诗词》

夜宿文昌

椰风蕉雨到文昌,柴火炖鸡劝客尝。
方桌中银锅一口,木瓜咸菜拌生姜。

登载于 2018 年 2 月《中华诗词》

采桑子·海南睡美人岛

美人静卧洲分界，天也深蓝，海也深蓝，画艇迎风浪打舷。
海洋动物争呈艺，豚也萌翻，狮也萌翻，互动儿童笑语欢。

注：海南分界洲岛，远望如睡美人，上有海洋剧场。

登载于 2018 年 2 月《中华诗词》

二程书院晒书台记怀

双凤亭边仰静斋，凝眸先哲读书台。
扑帘草色依稀绿，隔叶莺声隐约来。
除蠹向阳摊磐石，穷经吟月踱苔阶。
贤才重器勤呵护，立雪程门大道开。

登载于 2019 年第 3 期中华军旅诗词丛书《红叶》

虞美人·题曾雪萍先生雨巷图

擎红摇绿春衫小，一捻纤腰袅。丝丝拂颊柳花风，细雨凝珠滴巷响叮咚。　　轻鬟暗恨无人见，难识芙蓉面。悄然归去掩重门，谁管倚窗红杏泣黄昏。

登载于 2019 年 7 月《中华诗词》

满庭芳·登阆中鳌山魁星楼

四面环山，三边近水，高阁云海横空。下临天地，人踏翰天宫。阆苑花光绮丽，钟声起、绿树摇风。清流涌，豪气压群峰。　　匆匆。回首处、元婴蝶影，翼德矛锋。少陵骋华章，苏陆诗雄。勋业先贤已矣，锦屏秀，万木葱茏。魁星耀，巴歌渝舞，圣境更峥嵘。

登载于2019年2月武汉市洪山区老年大学诗词创作组编《春草集》

沁园春·登望江楼瞻薛涛遗迹

锦水波清，崇阁云驰，振袂登楼。望千竿泻绿，幽篁遮径；一江泛碧，丝柳牵流。古井澄寒，华笺抒臆，艳质孤芳醉九州。徘徊久，伫枇杷门巷，思绪悠悠。　　校书美誉长留。谙幕府嘉言动蜀侯。赋清词丽句，诗情摇曳；筹边忧国，桑土绸缪。元相歌篇，韦公奏牍，碧玉光华耀海陬。西山外，听羌马长嘶，烽火边头。

登载于2021年6月华中科技大学瑜珈诗社出品《瑜伽诗苑——庆祝中国共产党百年华诞2021仲夏诗会》

从成都赴西昌

车指邛都曙色新,锦江烟柳净无尘。
西天一盏团圞月,羞掩轻纱送旅人。

登载于 2021 年 6 月华中科技大学瑜珈诗社出品《瑜伽诗苑——庆祝中国共产党百年华诞 2021 仲夏诗会》

第二章

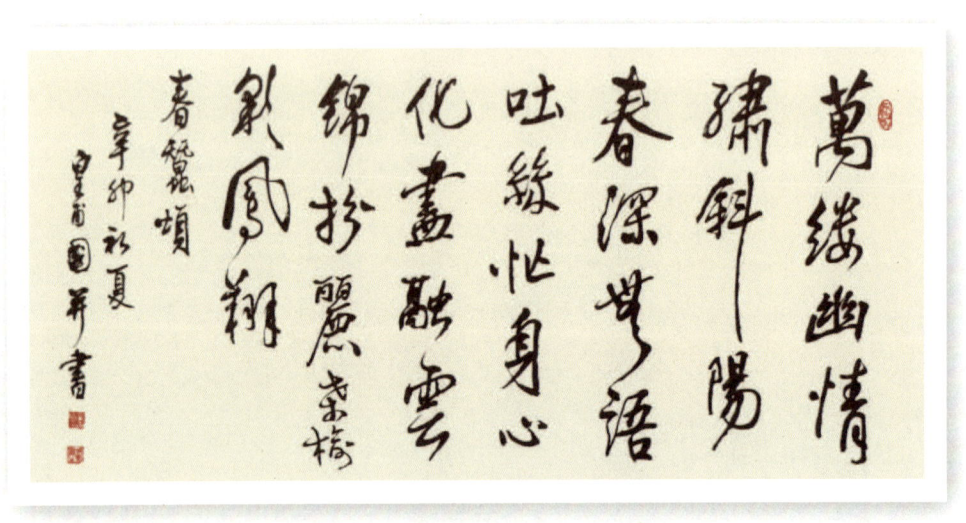

江山览胜

春蚕颂

古风·青城山雨中问道歌

五岳丈人推此山，敕封圣地记轩辕。
群峰耸峙列青嶂，林壑盘深泻碧泉。
鬼谷先师传大道，麻姑仙女浴仙丹。
义师旗举王朝塌，雅士画成溪谷寒。
昔曾伴友访青城，水秀山幽万木清。
遗憾未能凌绝顶，重来八秩鬓星星。
晨光初动山门开，一片祥云照九陔。
携手同登空翠路，缆车直上老君台。
嫩晴云聚忽成阴，轻烟缥缈岚气囷。
观音阁顶萦纱幔，彭祖峰头笼羽巾。
雨洗山峦珠滴翠，情凝肺腑笑宜人。
忽然雨脚连成线，交响纷繁落玉盆。
大雨滂沱怎么办？忽传景区皆停电。
黄童白叟竞惊呼，报警声声还嫌慢。
雨势稍停屋内欢，下阶张伞别诸仙。
一碑迎面横天立，"大道无求"启笃顽。
小立碑前如有悟，艰难时刻毋他顾。
缆车熄火舟停棹，崖挂丹梯曲折路。
抖擞精神朝下迈，千屏百障应亲度。
訇然平地起沉雷，急雨追风扑面来。
洗鹤泉池清浪涌，月城山瀑浊泥排。
苔阶漫水皮鞋透，樟树依人茧掌挨。
爱女频呼催快走，老夫沉着缓开步。
先求步稳毋摇动，再戒心浮迷意绪。
后失孤村前无店，难走难停衣湿透。

第四辑　世间万象

山路何长走不完，皮鞋掉线舌翻吐。
纷纭后到频超越，疲叟泥途犹跌蹶。
最后三分钟挺住，自豪我是青城客！
雨丝转细天渐昏，晃晃悠悠到山门。
肩靠山门身欲倒，回身挺立草如茵。

登载于 2019 年 2 月武汉市洪山区老年大学诗词创作组编《春草集》

游乐山

芳草露珠新，轻车剪绿茵。
欢歌惊翠鸟，笑语跃香尘。
佛耳遥捻影，山腰慢转身。
清波浮薄霭，隔水觅仙人。

登载于 1995 年 7 月解放军文艺出版社《红叶（第十二辑）》

游东湖樱园

上下绯云接水天，清波倩影惹流连。
捻枝含笑春衫翠，绕塔翻追雏燕旋。
汉服簪花歌窈窕，西装击鼓舞翩跹。
周公碑畔频回首，万树繁樱把客牵。

登载于 2019 年第 3 期中华军旅诗词丛书《红叶》

浪淘沙·宁夏沙湖纪游

吞吐贺兰山，沙拥长澜，明湖万顷苇芊芊。西夏古今多少事，尽映波间。　　远客笑言喧，白鸟翩翩，红鳞跳上旅游船。都说这厢风景好，金漠银川。

登载于1998年7月解放军文艺出版社《红叶（第十七辑）》

峨眉山行

奇石嬉幽涧，丛花笑旅人。
峨峰迷蕙路，雷洞漏松曛。
飞渡攀金顶，相招看白云。
晚霞烧碧树，回首暮山深。

登载于2007年第1期《武汉诗词》

太常引·拉祜[①]寨

短刀长弩出深山，猎虎共分餐。拉祜好青年，星斗转，高峰更攀。澜沧泻碧，层崖耸翠，茶稻绿浮烟。村寨凯风酣，新牧笛，吹开笑颜。

注：①云南拉祜族人民坚强勇敢，爱好打猎，"拉祜"二字，即猎虎分食的意思。

登载于2006年11月解放军文艺出版社《红叶（第三十四辑）》

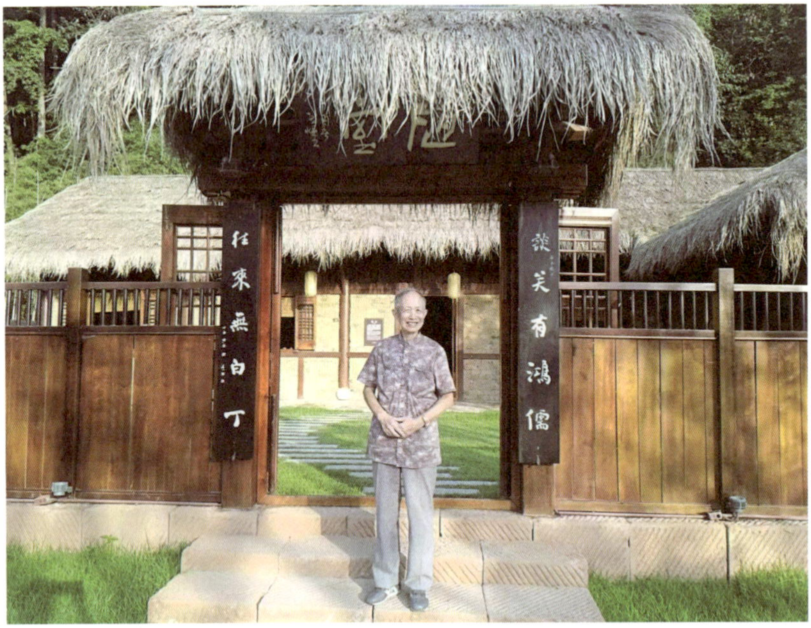
往來無白丁
談笑有鴻儒

旅琼吟稿

海边

耆年牵手访珠崖,叠浪雄风卷雪花。
笑对烟波万里阔,轻舟共醉一帆霞。

偶感

大海扬波气自闲,踏沙凝睇意悠然。
不知双鬓添银发,画扇摇诗月在天。

天涯

潮回一跃上飞船,十丈涛头去似烟。
身在天涯海角外,人生奋斗实无边。

《海边》《天涯》登载于 2008 年第 3 期《武汉诗词》

海南四果

菠萝蜜

情暖波萝蜜,冠盖聚浓荫。
串串黄金果,牵来海内人。

椰子

深秋椰子熟,椰汁最清凉。
试到文昌县,椰风动海疆。

槟榔

槟榔傍海立,窈窕舞相亲。
细嚼知君意,相商定吉辰。①

注:①农历三月三,黎族未婚男女聚会,互诉衷情。男青年把槟榔塞进女青年口中,然后带女青年回家见父母,确定婚姻关系。

神秘果

客谈神秘果,酸可化为甜。
我有心如佛,勿劳果去酸。

登载于 2008 年第 5 期《心潮诗词》

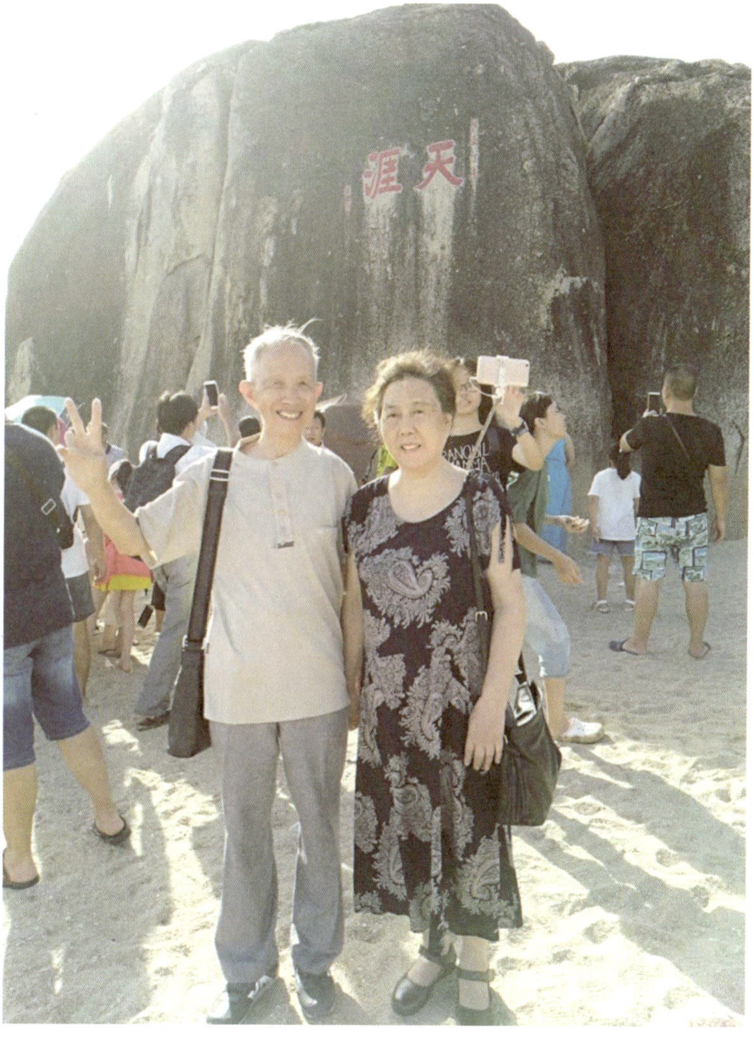
天涯

行香子·阳朔行

夹岸奇峰，拂面轻风，清江碧，船下林丛。鹭依竹筏，童戏虬榕。喜水花溅，鱼花动，野花红。一冠[①]耸翠，九马[②]扬鬃，画屏开，诗意腾胸。奋挥神笔[③]，泼墨长空。写景真美，人真好，兴真浓！

注：①②③冠帽山、九马画山、神笔山，皆漓江名胜。

登载于2009年7月解放军文艺出版社《红叶（第四十一辑）》

七秩夫妻武夷游

九曲溪

溪山沁碧涤诗魂，双鹤凌波素羽新。
并翅凝眸心欲醉，竹排徐过画中村。

一线天

晴光微泻石嶙峋，蝙蝠翻飞黑缝深。
狭壁应知前路阔，轻携稳步挽黄昏。

懒汉坡

踏雨寻诗路欲迷，听儿泉畔鸟空啼。
何当并辔云天外，虎啸岩巅万岭低。

天游峰

绝顶登临万象收，丹崖曲水畅吟眸。
石阶千丈重云海，欲伴荆妻更上楼。

《九曲溪》《一线天》《天游峰》登载于 2010 年第 1 期《武汉诗词》

湘妃泪

七二奇峰静倚栏，烟波浩渺忆华年。
新枯水面悲鸥鹭，渐瘦腰肢泣杜鹃。
围垦屯田鱼战栗，排污倾石鼠翩跹。
洞庭风动斑斑竹，莫使湘妃泪涌泉！

登载于 2011 年第 1 期《金秋诗刊》（济南军区老战士诗词学习研究会主办）

绛都春·鄱阳湖放歌

烟帆点点。看鹤起鹭飞，风柔波软。浣月钓虹，张网迎风云山远。洞庭西顾春光满，总不似，彭湖舒展。稻香鱼跃，情歌互答，激情无限。　　争赞，英豪辈出，古今耀、赣北明珠璀璨。点将筑台，歼房挥兵周郎健；今朝雄起抓低碳。护生态，沧桑景换。一池清水连天，画舟唱晚。

登载于 2011 年第 5 期《湖北诗词》

桂枝香·洞庭湖放歌

　　云蒸梦泽，喜旭日腾波，满湖生色。四水欣欣交汇，涌红翻碧。白银盘里青螺现，觅湘君，新妆迎客。柳摇鱼散，稻香叟聚，素蟾如璧。　　绕洞庭，英雄辈出。仰范公登楼，悠思无极。后乐先忧襟抱，古今谁匹！一池清水弥珍贵，领儿孙代代怜惜。扣舷长啸，渔歌互答，不知何夕！

登载于 2011 年第 1 期《金秋诗刊》（济南军区老战士诗词学习研究会主办）

【大石调·六国朝】武当吟

　　碧峰耸翠，丹水流波，天柱接云屯，虬松迷雾锁。造化钟灵秀，独步嵯峨；寒暑砺精神，催征你我。俯流泉、敲金戛玉，攀绝壁、月揽星摩。宫阙访嫦娥，雄风升箭舸。

登载于 2012 年第 1 期《武汉诗词》

经隔河岩游清江登武落钟离山

　　玉垒横陈镜面磨，山光水色两相和。
　　白鱼戏树枝梢动，翠鸟追虾潭底过。
　　掷剑封王[①]留胜迹，泥船渡水引盐娥[②]。
　　攀天试踏神台石，脚下群峰俯碧波。

注：①土家族先祖廪君传说故事，载《后汉书·南蛮西南夷列传》；②盐娥，指盐水女神。

登载于 2013 年第 1 期《湖北诗词》

暮泛琵琶湖得句

帘卷湖山扑琐窗，眸迎烟水入苍茫。
舟移景换幽林晚，一鸟斜飞没夕阳。
白浪追嬉蹦进船，琵琶湖上水连天。
青山有意殷勤接，翠鸟无心自在旋。

登载于 2014 年第 4 期《湖北诗词》

西江月·绍兴东湖泛舟

酥雨沾衣如雾，春衫可耐轻寒？乌篷船里赏烟峦，幽洞悬崖触面。遥想秦皇东狩①，驻车指点江山。箬篑②碧水涨澄潭，奔涌诗情缱绻。

注：①史传秦始皇东巡至越，曾在此驻驾；②绍兴东湖地处箬篑山麓。

登载于 2015 年第 5 期《心潮诗词》

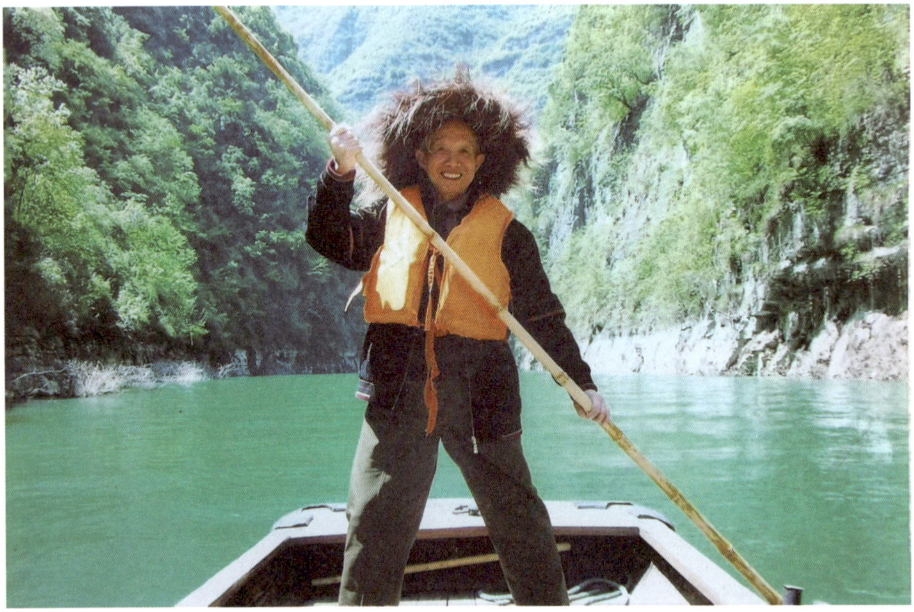

西江月·旅杭吟稿苏堤纵目

十里长堤春晓，六桥碧水明霞。画船轻漾柳枝斜，翠鸟翩翩飞下。揽住熏风暖日，遍寻芳草琼葩。东君唤醒满湖花，再现天堂神话。

登载于 2016 年第 2 期中华军旅诗词丛书《红叶》

西江月·旅杭吟稿 与老妻袁素贞游新建雷峰塔

娘子素贞非白，老兵皇甫非仙[①]。雷峰塔畔忆朱颜，戎马生涯相伴。　　法海寰球修塔，几多爱侣难圆。浮屠踢倒续良缘，再建蓬莱琼殿！

注：①指妻子不是白素贞，作者也不是许仙。

登载于 2016 年第 4 期《心潮诗词》

喜迁莺·夜游京杭大运河有怀

画舫动，寂无声，隋柳拂繁星。拱宸桥北水溟溟，悠邈接燕京。笛声裂，星明灭，远渚一弯新月。南沙金鼓暮云横，梦里请长缨。

登载于 2017 年第 3 期中华军旅诗词丛书《红叶》

画堂春·游深圳湾红树林公园

清宵小雨酿新晴，湾萦深圳霞升。相依水鸟好温馨，嬉戏飞鸣。
有意春阳脉脉，无猜红树层层。沉霾尽扫海天青，风正潮平！

登载于 2018 年第 2 期《鹰台诗词》（湖北省老年人大学鹰台诗社编）

拜水都江堰

一盏清茶泡夏天，山光水色亦堪怜。
奔腾壶口千堆雪，流入冰瓯漾碧泉。
人依玉垒忆华年，度尽劫波霞满天。
喜掬甘泉心豁畅，欢声融入锦城烟。

登载于 2018 年 11 月《中华诗词》

第三章

咏物寄意

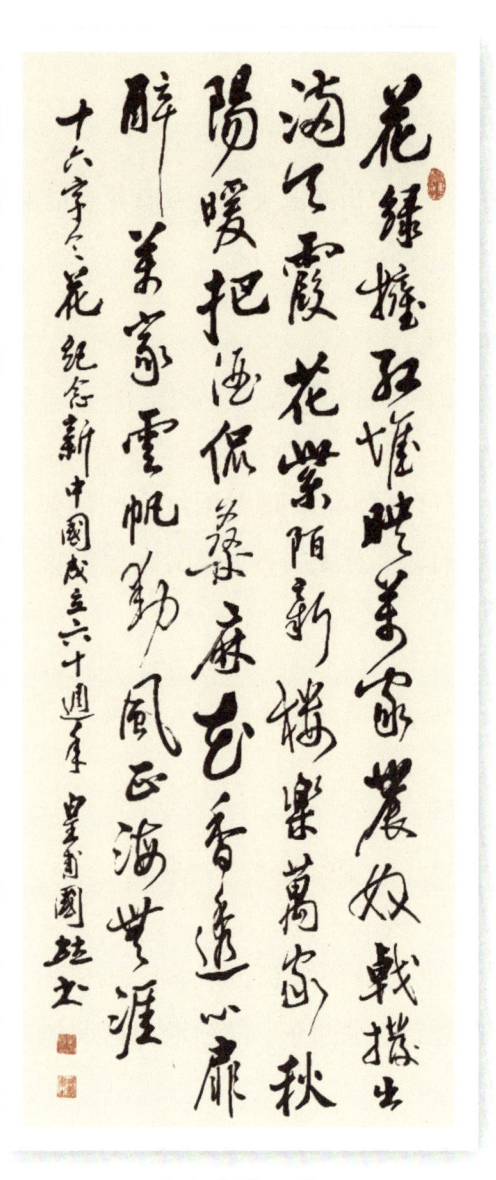

十六字令·花

念奴娇·酉年迎春书怀

万鸡呼彻。正春回禹甸,齐迎佳节。放眼时空胸坦荡,我是寻常宾客。铁马嘶风,冰河草檄,反霸倾心血。大潮澎湃,喜看千舸争发。　　豪气敢让当年,云山迢递,披甲重腾越。报国情深人不老,霜染金秋红叶。翘首先忧,开颜后乐,党性今尤烈。常怀黎庶,此生奔走勿歇。

登载于1994年1月中国矿业大学出版社《古韵新声——中华当代诗词荟萃》

鹧鸪天·牵牛花

奋力攀援向碧穹,登高争睹太阳红。朝霞烘得心头热,喇叭迎来拂面风。　　生有限,意无穷,明晨又绽蕊重重。痴心常祝春常在,一往情深酒万钟!

登载于2002年第2期《湖北诗词》

鹧鸪天·桃花

色秀香清造化工,蜂环蝶绕自从容。三枝粉萼邻修竹,万朵绯霞映劲松。　　山远近,水西东,青衫未剪竞迎风。繁英片片清溪落,犹染春涛十里红!

登载于2002年第2期《心潮诗词》

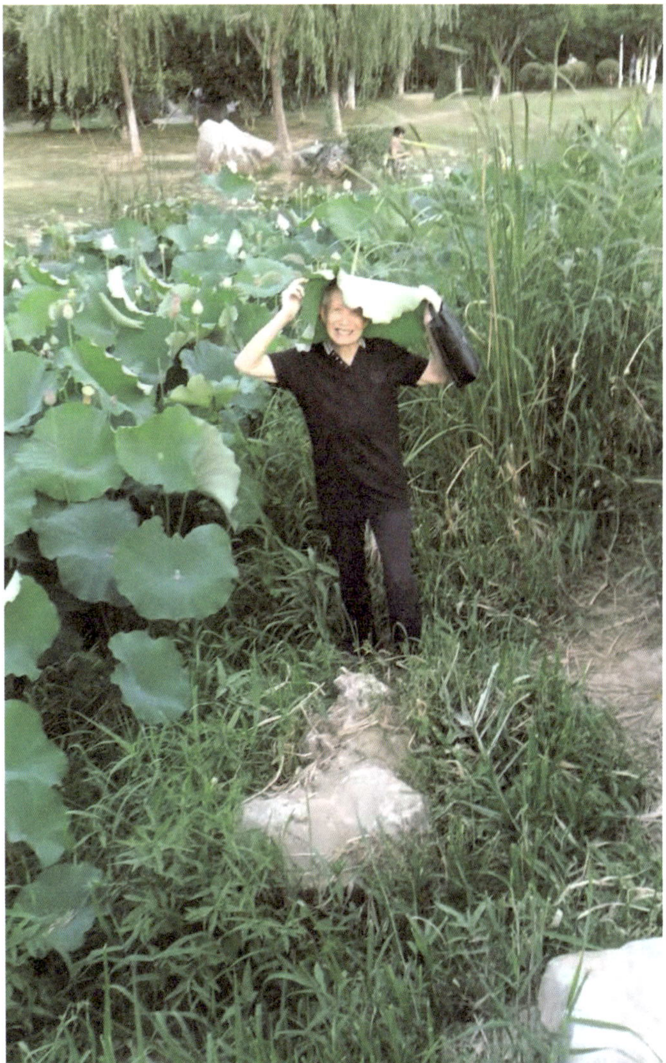

鹧鸪天·月季

南岭邀梅扮雪妆，东篱伴菊斗严霜。熏风桃李侬能后？细雨芙蕖我亦香。　　凝晓露，沐斜阳，丹心月月荐炎黄。铅华落尽终无悔，只愿神州四季芳。

登载于2002年第2期《心潮诗词》

咏燕

翠尾剪开千里雪，呢喃呼出万枝花。雕梁藻井常安舍，瓦舍茅檐乐为家。　　贴地除虫青草嫩，穿梢振翅白云赊。一心传报春消息，岁岁驮来五彩霞。

登载于2002年第4期《心潮诗词》

鹧鸪天·咏兰

闹紫喧红不与邻，巉岩幽谷白云深。凌寒剑叶驱萧艾，拒腐冰心远垢尘。　　繁九畹，献三春，屈平风骨板桥魂。元戎骚客同吟赏，一缕清香醉国人。

登载于2003年4月《中华诗词》

沁园春·野马放归歌[①]

戈壁无垠，卷地飞沙，扑面北风。喜挣开羁绊，茫茫大漠；消除约束，杳香高穹。白雪关山，黄云瀚海，跃躐天衢骄胜龙。真开阔，有苍鹰作伴，紫燕相从。　　自由谁恋樊笼？壮志在荒原驰骋中。觉流泉积水，甘甜味厚；针茅蒿草，脆嫩香浓。敌忾同仇，豺狼何惧，长啸成群胆气雄。祈来日，看奔腾万马，席卷鸿蒙。

注：①野马原产我国新疆、内蒙古。100多年来，已在野外绝迹。20世纪80年代，我国从国外引进野马多匹。2001年8月，将20多匹野马放归野外。

登载于2003年第4期《红叶》增刊

雪中梅

天低云暗吼西风，大雪濛濛蔽远空。
百卉凋枯随地死，梅花万树岭头红。

登载于2004年12月中国文联出版社《当代百家绝句精华》

咏白牡丹

绿衣素面碧池滨，小苑清幽伴啭禽。
洗净铅华真国色，蛾眉淡扫不争春。

登载于2006年第1期《金秋诗刊》（济南军区老战士诗词学习研究会主办）

西江月·大鹏颂

只许雄鹰为伴，不同檐雀相邻。云霄背负俯乾坤，四海三山一寸。斥鷃藩篱空笑，昏尘蓬蒿犹欣。振翮盘转跃青云，宇宙无穷无尽。

登载于2006年第1期《金秋诗刊》（济南军区老战士诗词学习研究会主办）

十六字令·花
——庆祝新中国成立60周年

花，绿拥红堆映万家。农奴戟，拨出满天霞。
花，紫陌新楼乐万家。秋阳暖，把酒侃桑麻。
花，香透心扉醉万家。云帆动，风正海无涯。

登载于2009年第3期《武汉诗词》

红豆吟

红豆传情四十年，痴心共度万重山。
绳床瓦灶双慈病，弟幼儿娇两袖寒。
压境云低含泪别，回天风暖踏歌还。
相思岁岁情能减？红豆同看色更丹！

登载于 2009 年 12 月作家出版社《华夏经典诗词文选集》

春蚕颂

万缕幽情绣夕阳，春深无语吐丝忙。
身心化尽融云锦，扮丽桑榆彩凤翔。

登载于 2010 年第 1 期解放军文艺出版社《红叶》

南山烟霞

烟恋斜阳变紫辉，流萤闪烁鸟声稀。
南山回首亭台静，笑语凝香戴月归。

登载于 2011 年第 1 期《武汉诗词》

修篁闹笋

平坡曲岸水云寒，隔牖萧萧雪满轩。
自有虚心培劲节，龙孙十万动春天。

登载于 2011 年第 1 期《武汉诗词》

行香子·喜雨

灼灼骄阳，焰伞高涨。望神州，满目凄惶。涸鱼困辙，羸犬横冈。叹灶无烟，野无鼠，廪无粮。　　清清河汉，嫩柳丝长。润甘霖，泉涌春乡。旗翻星赤，垅染鹅黄。听鸟儿鸣，人儿笑，鼓儿狂！

登载于 2011 年第 1 期《金秋诗刊》（济南军区老战士诗词学习研究会主办）

咏紫薇[1]

佳树隐深宫，平民隔九重。
今朝民做主，朝暮与人同。

注：[1]唐中书省多植紫薇，又名紫薇省。其长官为紫薇令，即右相。白居易的《直中书省》中诗句："独坐黄昏谁是伴？紫薇花对紫薇郎。"

登载于 2012 年第 6 期《湖北诗词》

临江仙·震区义犬

铁链挣开奔旧舍，豪嚎响彻灾空。黑毛渗血色殷红。扒砖爪脱，呼救吼西风。　　电掣风驰援众聚，争先排难蹬蹬。回看义犬命临终。声微力竭，垂首卧砖丛。

登载于 2013 年第 4 期解放军文艺出版社《红叶》，2013 年 10 月《枫林——成都军区老干部大学诗词集第八集》

编者按：2013 年 4 月雅安芦山地震，巨石从天而降，将芦山县宝盛乡村民杨本明压在石下，家人搜寻无果。家中在地震里被飞石砸伤的黑狗拼命挣脱了铁链项圈，窜到巨石边，不停用前爪扒石块，大家据此才找到杨本明的遗体。黑狗一直守在主人身边，直到死去！

末日背包[1]

末日背包装满满：帐篷、睡袋、头灯。罐头、大米、指南针。心怀忧患，何惧天地倾。　　有备便能无末日，从容面对灾星。山崩海啸意常平。乌云翻滚，化作彩虹横。

注：①雅安男子李永刚，家中备有"末日背包"，内装帐篷、睡袋、衣服、食物等，震后 6 天吃住穿用全都自己解决。

登载于 2013 年第 4 期解放军文艺出版社《红叶》

清莲颂

月白风清绽嫩寒,亭亭玉立气如兰。
蛙声拂柳霞千里,蜓影穿花雨半帘。
不染污泥褒本色,愿偕芳草净尘寰。
秋塘残叶凝鲜藕,捧出心中一寸丹。

登载于2014年第4期《鹰台诗词》(湖北省老年人大学鹰台诗社编)

琵琶新曲

漠北明妃弹紫塞,江州司马湿青衫。
乐音溶入琵琶水,新曲跳珠动管弦。

登载于2014年第4期《湖北诗词》

西江月·兰亭

镜里江山如画,春来丝雨沾襟。流觞曲水独逡巡,遥想兰亭雅韵。
借得羲之椽笔,高扬国粹兵魂。龙腾虎跃扫千军,万斛红霞铸印。

登载于2015年第5期《心潮诗词》

题落花

随蝶悠然去，朱颜化彩幡。
落红融沃土，片片证心田。

登载于2016年第2期《金秋诗刊》（济南军区老战士诗词学习研究会主办）

阳台小花

从无仙子下瑶台，只有凡英傍陋斋。
小白牵风枝上笑，轻红噙露月中开。
戍边常伴黄花放，抗美曾簪金达莱。
寄语南沙华夏土，心花要贴浪花栽！

登载于2016年第4期《武汉诗词》

丁酉年咏鸡唱和

一鸣苏大地，驱夜趁朝霞。
奋羽磨钩喙，冲冠啄毒蛇。
心中飞好梦，篱下守陶家。
昂首喈喈动，高歌遍海涯！

登载于2017年第1期《武汉诗词》

临江仙·落叶赞

春酿千山烟绿，秋看万树旗红。金风玉露醉丹枫。辞枝铺蝶径，依土覆霜丛。　　不惜今宵长别，只求明夏青葱。魂销根下潜无踪。艳阳苏大地，寰宇遍苍峰！

登载于 2017 年第 1 期《心潮诗词》

临江仙·东湖梅园赏落英

恋恋难辞古干，依依总贴虬根，东风吹起又低吟。严寒同斗雪，气暖笑抽身。　　已献心香孕果，何妨香碎作尘。残香缕缕化花魂。磨山花似景，桃李竞争春。

登载于 2017 年第 2 期《武汉诗词》

金银花

臂绕魂牵吐双花，疏篱幽草日初斜。
微黄浅白村前月，姹紫嫣红雨后霞。
岂有金银媚俗客，常将心血惠农家。
清风瘦土滋香蔓，一片真情入晚茶。

登载于 2017 年第 2 期《金秋诗刊》（济南军区老战士诗词学习研究会主办）

浣溪沙·咏梨花

乐与千花织彩屏,俏颜带雨伴春莺,<u>丝丝清露酿繁英</u>。
东风舞出凝香雪,秋霜点亮满园灯,万树鹅梨耀晚情。

登载于2017年第2期《金秋诗刊》(济南军区老战士诗词学习研究会主办)

犬年咏犬

疏篱田舍夜沉沉,征路重峦草木深。
护主金睛瞋贼盗,捕俘铁爪扼妖人。
兵朋农友忠诚著,黄耳青獒世代亲。
月影梅阴迎霁野,撒欢垂柳报新春。

登载于2018年第2期《湖北诗词》

葵花

土瘠根深遍野乡。盘盘凝露远争芳。
风狂茎直岿然立,籽满弯腰向艳阳。

登载于2019年《江汉潮声——庆祝中华人民共和国成立七十周年诗词专辑》(武汉市江汉区老年大学、江汉区诗词学会)

临江仙·雪

高韵常邻松竹,素颜洗净铅华。轻轻款款贴梅花。麦苗温覆被,草茎暗抽芽。　　装点无边风月,婆娑万顷琼葩。晶莹剔透玉无瑕。呼雷苏翠甸,孕暖播丹霞。

登载于 2020 年 12 月《鹦鹉诗联》(武汉市鹦鹉花园社区诗联办)

咏牛诗分韵得侵字

垅亩耕风寒气侵,梯田犁月汗淋涔。
奋蹄辗转千钧力,昂首驱驰一片心。
累化仓盈拼骨肉,闲刍草嫩卧松阴。
溪头柳绿春先报,奔跃郊原春浦深。

登载于 2021 年第 1 期《武汉诗词》

第四章

地方宣传

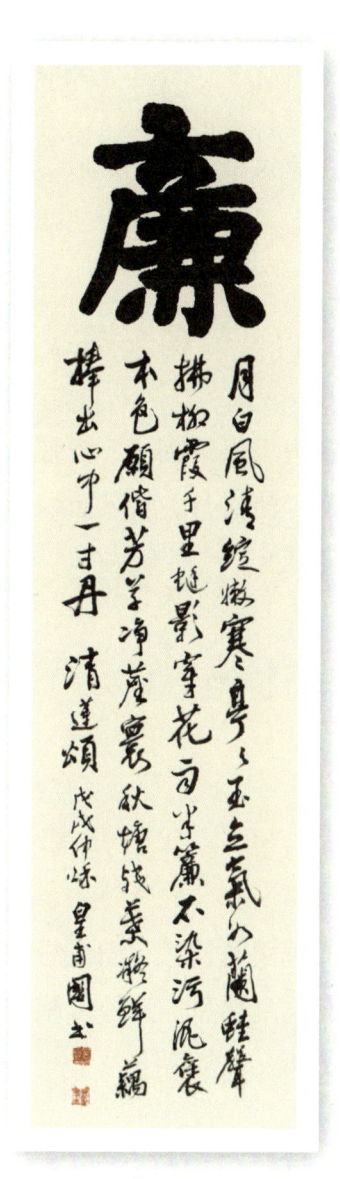

清莲颂

东湖四时歌

东湖春景好，烟水绽青瞳。雨润山山绿，风偎树树红。
东湖夏景好，薄暮试听蛙。把卷凭栏立，新荷次第花。
东湖秋景好，缓缓荡渔舟。叶落红楼出，波平白鹭稠。
东湖冬景好，画栋雪初晴。雀噪银松下，红梅向水倾。

登载于 2015 年 12 月武汉出版社《东湖风景独好》

临江仙·参观东湖绿道骋怀

湖里翠环珠缀，湖边玉蝶翩翩。一城秀水半城山。斜阳孤鹜落，箫鼓万蛙喧。　彩带牵池摇月，熏风播绿催绀。车游漫步欲登仙。凝眸寻唳鹤，又上几重天？

登载于 2017 年第 1 期《心潮诗词》

临江仙·喜游东湖长堤

绿道琴弦拨动，交鸣鸥鹭沧浪。满池纷响醉斜阳。珞珈传雅韵，彩凤舞霓裳。　才与金乌惜别，又惊玉魄新妆。轻烟浮柳送微凉。暗香人绰绰，缓步影双双。

登载于 2017 年第 2 期《鹰台诗词》（湖北省老年人大学鹰台诗社编）

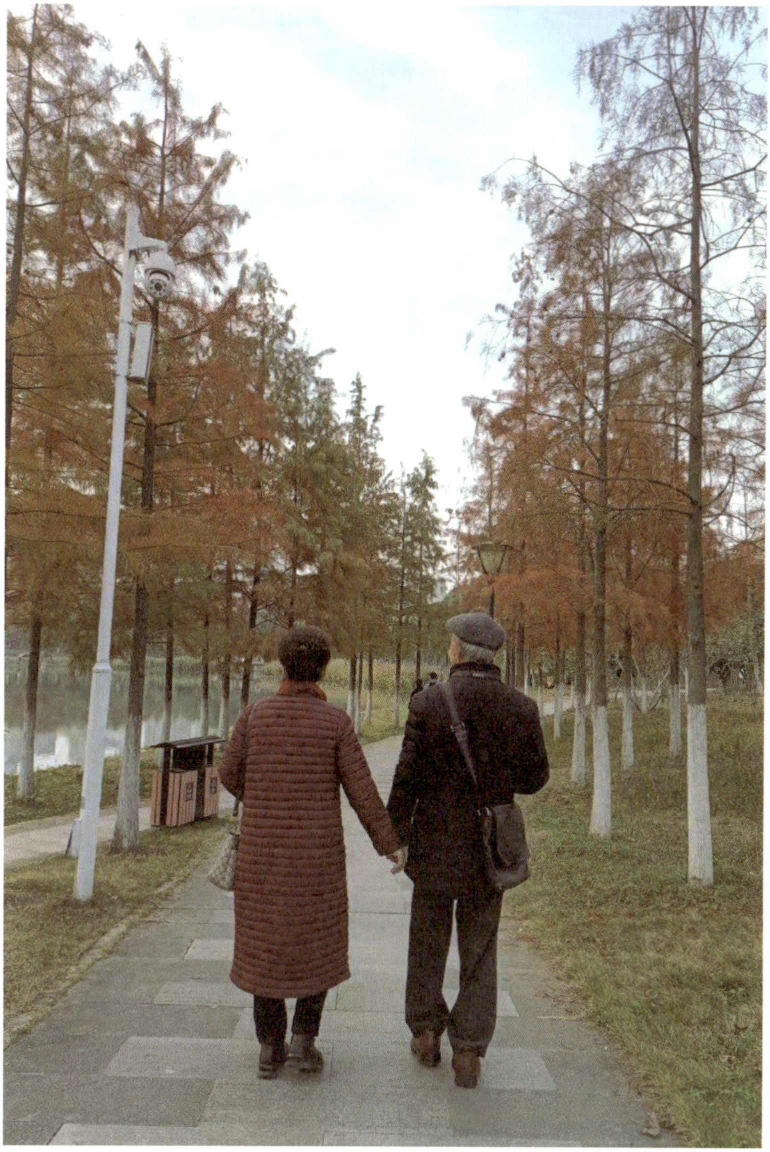

【双调·折桂令】过湖光阁

碧波横、环湖山青。鹭逐帆轻,人与鸥盟。烟水冥冥,心性耿耿,琴韵铮铮。(髀)肉未生,耄翁不老;(肝)胆犹壮,壁剑长鸣。(东湖波浪),南海嗡蝇。廉颇能饭,驭浪擒鲸。

登载于 2017 年 6 月武汉出版社《东湖风景独好·第二辑》

浣溪沙·磨山赏梅

树映清波漾彩虹,争开万朵斗寒风,冰肌铁骨自从容。老干横斜池水北,繁花俏艳石桥东,无边光景夕阳红。

登载于 1997 年 12 月解放军文艺出版社《红叶(第十六辑)》

渔家傲·初夏游磨山盆景园

独坐陂塘人影沓,新萌嫩茎荷盘小。波面新巢浮水鸟。声悄悄,静观万物皆谐好。 一地斜阳花满道,凉风轻拂晴丝袅。绚烂云霞烧树杪。心尘扫,闲愁抛却无烦恼。

登载于 2020 年 11 月中国文化出版社《洪山诗苑集萃(一)》(武汉市洪山老年大学编)

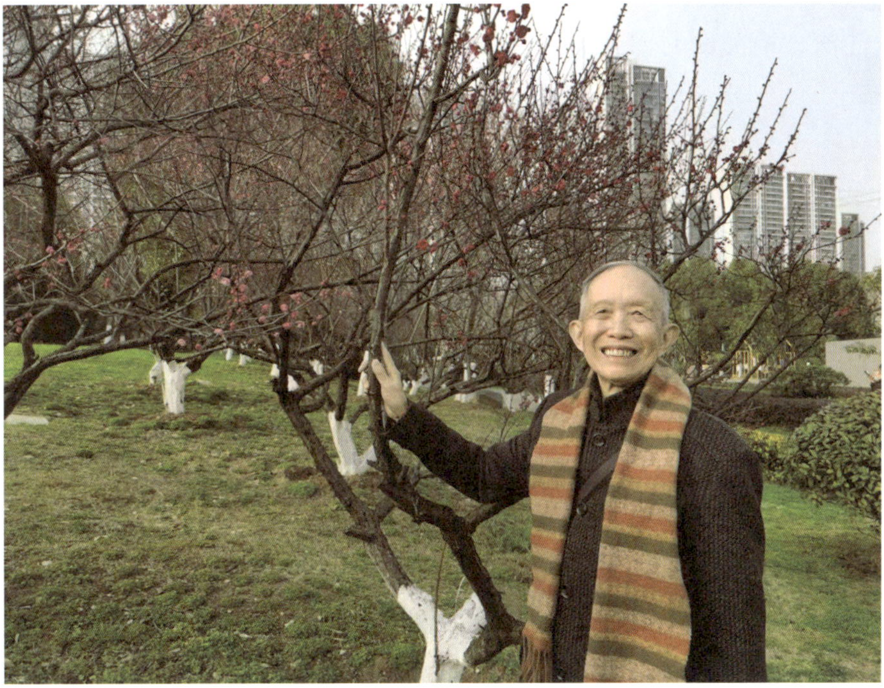

【双调·雁儿落带清江引带碧玉箫】戊戌重阳游东湖落雁景区

重阳佳节临，叠翠平湖浸。轻车寻落鸿，倩影依繁荫。

【带】天际唳声入旷林，波戏鸳鸯淋。芦洲古渡暗，松鼠攀不禁。

【带】挽臂牵襟，菊香伴潮音。缓步长吟，池畔听鸣禽。清波秋浦深，绮霞明月湛。杯浅斟，剑佩茱萸饮。心，敢负天涯任！

登载于2019年《江汉潮声——庆祝中华人民共和国成立七十周年诗词专辑》（武汉市江汉区老年大学、江汉区诗词学会）

武昌鱼

霞光万道大江铺，骇浪穿空迸玉珠。

挺立中流观物象，风波孕育武昌鱼。

登载于2011年9月湖北人民出版社《荆楚千湖鱼水情——古今咏鱼诗词选评》

鹧鸪天·己亥上元游武汉园博园花灯会

痴雨连霄溢峭寒，上元收伞到芳园。柳梢云暗人声细，锦簇灯明花影繁。　龙滚转，乐喧阗，挥锤击鼓兴无前。亥年健步新征路，扫尽沉霾月满天！

登载于2019年春《九州诗词》

都江堰书怀

岷江浩浩泄清流，雪岭巍巍映绿畴。
碧绕蓉城三蜀润，锦铺玉垒百花稠。
淘滩作堰开瓶口，田叟村姑乐垅头。
赤子高风民尽仰，二王盛德播千秋！

登载于 2000 年 12 月中国三峡出版社《双珠颂——庆祝青城山都江堰世界文化遗产贺联选辑》

沁园春·老战士游新江汉大学

2002 年 10 月 17 日新江汉大学举行教育部授牌庆典。翌日，何家垅干休所组织老同志前往参观，喜赋。

三角湖边，香花嘉树，烟水濛濛。喜校牌初挂，扬名古镇；雏鹰四集，试翅长空。唯楚有才，于斯为盛，新纪津梁大道通。秋阳下，崛书楼百座，分外峥嵘。　　老兵乐在其中，且往返流连思未穷。忆中原烽燧，开天辟地；边疆炮火，盘马弯弓。流血牺牲，为了么事？春满中华桃李荣。欣回首，听娇啼新凤，暖意融融。

登载于 2003 年 9 月解放军文艺出版社《红叶（第二十七辑）》

喝火令·访长洲村[1]

大道群商集，溪桥竹径通，翠洲烟雨织空濛。"耕屋"涌金流玉，共富喜田农。　　倩影随风舞，轻歌唤日红，比邻翁妪乐无穷。柳也依依，水也响淙淙。踯躅草迷花拥，池苑问村童。

注：①广东省中山市长洲村党支书黄乃衔带领全村构建安居乐业工程，全村1124户，每位村民享有25平方米住宅、8平方米商铺和车房，把昔日贫困村建成了全国先进社区。

登载于2009年第1期《金秋诗刊》（济南军区老战士诗词学习研究会主办）

咸宁竹海

一

一路骄阳入竹林，修篁涌绿百重荫。
清凉世界谁能到？明镜非台不染尘。

二

大雪如磐砸竹梢，任凭竿折不弯腰。
东风劲拂群山动，怒笋争生耸碧霄。

登载于2009年第6期《心潮诗词》

八声甘州·西夏陵怀古

溯昊王揽辔立兴州，顾盼足风流。探萧关大漠，黄河青海，万里全收。雄峙园陵九座，磅礴立天陬。异彩凝金碧，墓塔无俦。

千载星移电逝，叹烟痕火烬，满目荒丘。剩西风残照，无语诉新秋。喜今朝、河山添丽，望银川、处处起层楼。连呼酒、到沙湖去，回汉同舟。

登载于 2010 年 4 月中国文化出版社《塞上江南·神奇宁夏——旅游诗词全国大奖赛作品集》

声声慢·油菜花

欢欢乐乐，逐逐飞飞，蜂蜂蝶蝶雀雀。塞北江南西藏，遍生丘壑。金黄碧绿缕缕，织缀成，好宽天幕。细雨住，挂明珠，叶蕊艳阳辉烁。

满地繁花争跃。何所用？花儿几经商榷。愿献纤躯，润土榨油入药。全身榨干不悔，利黎民，笑赴鼎镬。播撒尽，把大地装点灼灼。

登载于 2011 年 3 月湖北人民出版社《情寄荆门油菜花诗词集》

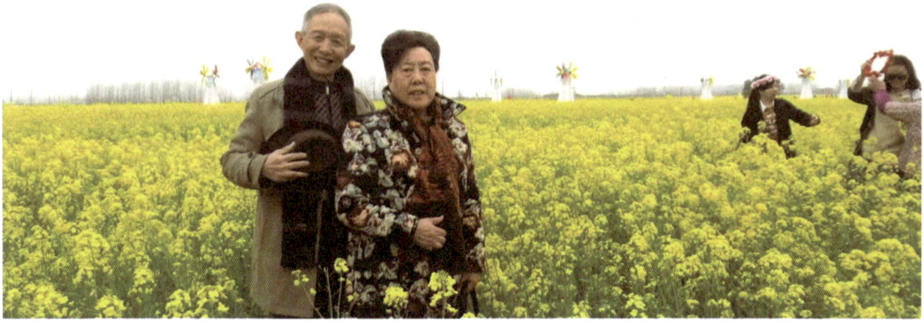

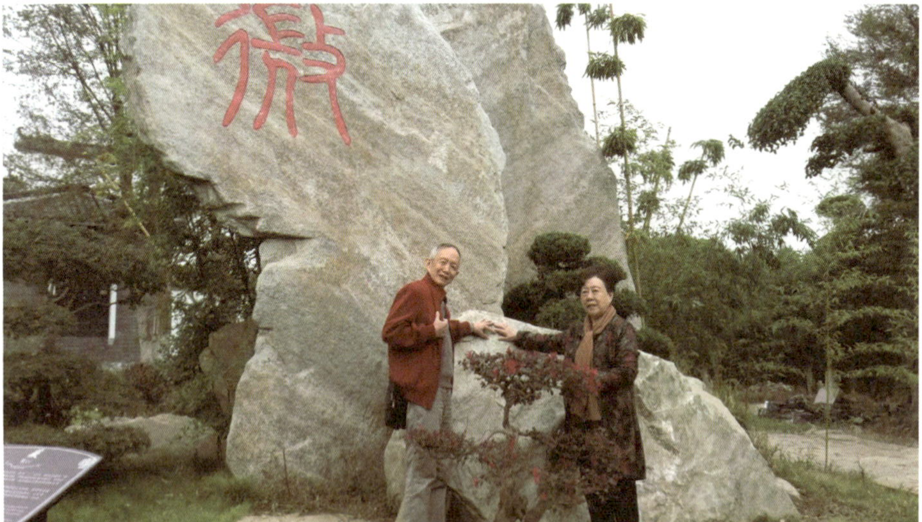

湖北长阳游三首

清江十里景缤纷，撒叶儿嗬响入云。
岩起隔河风物异，平湖渌水醉骚人。

薅草鸣锣人笑乐，敛容哭嫁女伴悲。
向王殿里香烟绕，水碧山青鸟自飞。

掀伞倾珠水漫阶，禀君问我来不来。
一衫风雨高声笑，绝顶登临亦壮哉。

登载于2012年第3期《武汉诗词》

浣溪沙·梭塔凌霄

奇塔立梭分外娇，天王失手坠云霄，梳烟织月扮长桥。
风动鸳弦琴韵彻，霜描银杏晚霞烧，江流日夜涌琼瑶。

浣溪沙·风冠笼翠

香拥莲湖耸风冠，明珠闪烁映清泉，绿屏花缀草芊芊。
五色斑斓风起舞，三峰叠翠玉含烟，新城隐隐水潺潺。

浣溪沙·波临庭院

碧树迎风波绕廊，楼台叠起接穹苍，龙湖浩渺鸟窥窗。
靓女帅哥初相觅，轻舟荡漾乐声扬，伊人宛在水中央。

浣溪沙·赋勒石铭

铁岭赋成动九州，缘斋笔动鬻龙虬，女娲遗石勒春秋。
缓步寻花春烂漫，登台观水鸟唧啾，古城磅礴畅吟眸。

浣溪沙·意洽琴台

如意湖擎如意台，白银盘里缀青钗，翔鱼织锦画屏开。
朱雀翩翩龙起舞，彩霞片片蝶飞来，琴台遥映胜蓬莱。

浣溪沙·舟行天水

天水河疑天上过，穿花拂柳满船歌，琼楼芳树影婆娑。
波酿白云鱼鸟醉，桥横碧浪夕阳多，青罗带系万邦和。

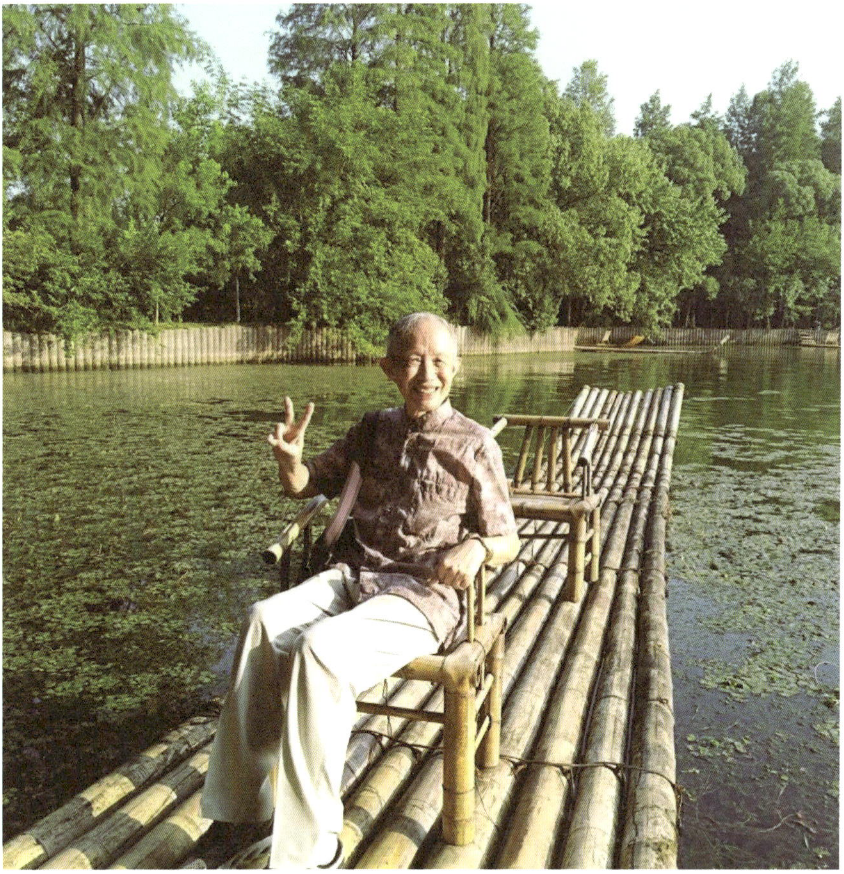

浣溪沙·荷塘逸趣

十里莲花绿映红，蜻蜓摇翅觅芳踪，拱桥西北画堂东。
映日胭脂霞染靥，接天翡翠玉临风，湖光潋滟动霓虹。

浣溪沙·湿地幽情

菡萏香清伴苇蒲，绵延湿地引鸬鹚，莺飞草长恋平湖。
鸟类天堂风景异，锦鳞世界水云舒，平衡生态展宏图。

以上八首《浣溪沙》登载于2012年11月辽海出版社《铁岭新城八景诗词集锦》，获"铁岭新城八景题咏诗词"入围作品，并获得1000元奖金。

瑞鹤仙·新襄阳礼赞

望江流浩浩，山叟醉，古镇今朝窈窕。隆中劲松老，又何人三顾，重伸襟袍？诗书孟米，翰墨飞，新作闪耀。汇南船北马，雷动谷鸣，赤帜呼啸。　"四个襄阳"[①]佼佼，燕舞莺歌，蝶追蜂闹。红妍翠绕，男儿帅，女儿俏。喜中原腹地，春光无限，高空柔阳普照。信明天更美，风景这边独好。

注：①四个襄阳即产业襄阳、文化襄阳、都市襄阳、绿色襄阳。

登载于2014年第2期《武汉诗词》

上行杯·游东西湖石榴红村

错落新街如画,花影里,汉水平沙。纵览红村秋色好,蔬肥荚饱。酒旗红,霜橘绿,华屋,丰足,欢乐人家。

登载于 2015 年第 6 期《湖北诗词》

鹧鸪天·蔡甸[1]新歌

绿满汉阳春意浓,九真临顶楚江空。伯牙琴抚钟期醉,蔡甸梦萦黎庶同。　　云出岫,凤栖桐,朝霞万缕绕夆峰。当年抗战军民血,染得关山分外红!

注:①蔡甸区,原为武汉市汉阳县,2013 年是该区建区 20 周年。

登载于 2015 年 12 月武汉出版社《东湖风景独好》

临江仙·游新洲紫薇园抒怀

辞却鸾台琼阁,山蹊野渚安家。向阳红紫簇烟霞。村姑簪蝶髻,钓叟系云槎。　　不媚春风桃李,频依碧藕黄花。枝柔千直矗天涯。繁英镶翠幕,阵鼓醉青蛙。

登载于 2016 年第 4 期《金秋诗刊》(济南军区老战士诗词学习研究会主办)

杨泗港大桥通车武汉十桥过大江

十箭绷弦射莽苍,仙娥织网会牛郎。
欣迎七运悬钢索,密缀双江竖脊梁。
电掣风驰烟袅袅,花团锦簇韵锵锵。
登高携手情何限,歌彻长天万里霜!

登载于 2020 年第 1 期中华军旅诗词丛书《红叶》

第五辑

文章选摘

将军学府现代化建设探索

2011年6月

湖北省军区老干部大学建校25年的历程，大致可分为两个阶段。

一是艰辛创业阶段。20世纪80年代中期，随着军队编制体制的变革，大批老将军退出领导岗位，他们白手起家，艰苦奋斗，组建湖北省军区老干部大学。原武汉军区和湖北省军区140余名老将军曾先后入校学习，在全国传为佳话，被中央军委领导同志誉为"将军学府"。

二是开拓创新阶段。也可以说是现代化建设阶段。历史进入21世纪，老将军已在校学习多年。他们学文史、诗词，学书画、保健，丰富了晚年生活。在现代科技、经济社会高速发展的情况下，如何帮助老将军、老同志领会新理论，学习新知识，紧跟新时代，是"将军学府"面临的新课题。

中国老年大学协会会长张文范同志说："现在科学技术日新月异，经济社会得到了持续迅速的发展，大家都争先恐后地坐上了'高铁'，总不能让广大的老年人还坐着牛车，跟不上时代的步伐，被边缘化了。"（《学术通讯》2010年第2期第13页）回顾我校的办学历程，深感张会长这一论断的正确。为使求学的老将军、老同志坐上时代"高铁"，我们有以下几点体会：

一、学习创新理论制度化

以创新理论作为学校开拓创新和现代化建设的根本指导思想。

开拓创新必须用创新理论来领航。中国老年教育现代化必须用中国最前沿的现代教育思想来指导。邓小平同志于1983年10月1日为景山学校题词："教育要面向现代化，面向世界，面向未来。"这不仅是我国教育的根本指导思想，也是老年教育的根本指导思想。科学发展观坚持以人为本、全面协调可持续发展，既是全党、全国的根本指导思想，也是引领中国特色老年教育现代化的根本指导思想。

早在1995年，我们就在全校开展了学习邓小平理论的活动，并从当年起定期举办政治理论和军事科技讲座，对省军区直属干休所的军、师离退休干部进行轮训，每年举办两期，迄今已举办36期。轮训坚持"三个面向"，认真领会创新理论的精髓，参训老干部15736人次，其中老将军910余人次，被誉为省军区老干部的党校。

21世纪以来，党中央对马克思主义的理论和实践有很多新的发展。我们以饱满的热情、充沛的精力，举办连续讲座，组织老同志学习科学发展观，并且联系老年教育实际，将以人为本、全面协调可持续发展的思想贯彻到办学实践中去，以新形势下老年人的学习需要为本，把将军学府办成老将军、老同志满意，与时俱进的学校。

二、课程设置贴近时代

根据老年教育要坚持以人为本的根本理念，在课程设置上坚持以老将军、老同志的学习需要为本，特别是新时期的新需要为本。据此，我们在设置课程时，坚持以"面向现代化、面向世界、面向未来"为指导，坚持以讲授现代科技文化为特色，坚持传统文化的继承和创新。

1. 举办现代科技系列讲座。请华中科技大学潘垣院士等十多名知名教授给老将军、老同志系统讲解现代科技基础知识，请解放军军事经济学院、二炮指挥学院、通信指挥学院、雷达学院、海军工程大学等军事院校知名教授讲解国防战略和军事科技，深受欢迎。原武汉军区政委严政、副政委钟文法、谢胜坤、任荣，顾问张日清、雷起云等30多位老将军都参加了学习。

2. 新设了电脑课程。从2002年起，陆续开设电脑入门、操作提高、网络基础、网络提高、电子相册、平面图像处理、平面动画、家庭数码相片的艺术处理、MTV 制作、家庭 DV 制作、矢量软件绘图等 13 门课程。九年半来，参加学习的军队和地方老干部达 900 多人，2700 多人次。其中包括老红军任荣、张日清、刘江萍、何太阳，老八路方向、郁萍、张波、王永林、石浩、晋德善、彭松青，湖北省老领导穆常生、曾重郎、郑云飞、田清波等 50 多位省军级干部。老红军学电脑、老八路试鼠标，成为将军学府一道亮丽的风景线。

3. 先后开设了英语、电子琴、电子钢琴班，每次开设都掀起一次报名热潮。

4. 坚持调整和改造传统课程。传统课程体现了中华文化的精髓，是中国对世界文明的伟大贡献，受到中国人民和全世界人民的热爱，是我们引以自豪的国宝。我们提倡课程设置现代化，不是否定和废弃传统课程，而是在传授和发扬传统文化的同时，使传统文化更符合现代生活需要，为社会主义现代化服务。学习古典诗词，我们强调用新的思想、新的视角来读诗、写诗，强调表现时代风云和现实生活，强调学习、创作、研究相结合。学习历史，我们强调学习古代史与近代史相结合，学习中国史与世界史相结合，强调中西历史的比较学习。新世纪以来，我们先后开设"东西方若干历史问题的比较""世界三大宗教""20 世纪的美国和欧洲""苏联解体原因分析""全球化问题"等，使老将军、老同志大开眼界。新开的"中国古代史"，紧紧把握经济、政治制度改革这条主线，使"历史与现代对话"，也使大家耳目一新。

三、聘请具有丰富专业知识和现代教育思想的教师

中国老年大学协会学术委员会会长陆剑杰教授说："老年大学在社会上聘教师，这是社会化的方法，也是现代化的方法。"（《学术通讯》2010 年第 2 期第 34 页）师资队伍建设是老年教育现代化的主体力量。但合格的教师只能靠每个老年大学自己去"聘"。聘来了，才能开课；聘不来，一切免谈。在老年大学林立、优秀教师奇缺的情况下，我们坚持以人为本，

真正从内心尊重知识、尊重人才，做好以下四方面的工作：一是踏遍三镇访名师。从在汉高校、学术文艺团体和各老年大学了解名师情况；二是真心实意求应聘。一次为了选聘一位优秀书画教授，工作人员冒着风雪严寒，在教师家门口等了两个多小时，使教师深受感动，有人说这是新时期的"程门立雪"。我校现任教师31人，其中教授12人，副教授17人，讲师2人。80%以上教师都任职5年，部分教师任职达10年以上。有位全国知名教授在省市老年大学中只教我校一家；三是及时主动多沟通。征求教师的意见，反映学员和学校的建议，商定教学内容、重点和方式，并根据新的情况加以改进；四是关键时刻见真情。

诗词班知名教授华中师大晏炎吾先生病重，学校号召全校师生捐款5700余元。其中原武汉军区副政委任荣、谢胜坤老将军各捐款500元；学校领导同志亲赴华中师大党委反映晏教授情况，争取适当增加治疗费；工作人员和老将军多次去医院探望。晏教授激动地给学校写信说："今拜领将军及众诗友厚赐爱心，无功受禄，不禁汗颜，一俟康复，尽当掬诚相报。"

四、加强硬件建设，奠定开拓创新和现代化建设的物质基础

硬件建设是老年大学的硬实力，是办学的支配性实力。它包括学校的校舍、设施和教学手段。硬实力是老年大学开拓创新和进行现代化建设的必要条件和基本保证。

我校原有校舍是武汉军区20世纪50年代修建的，只有两间教室，场地狭窄，桌椅残缺，年久失修，破损严重，远远不能满足老将军、老同志的学习需求和发展的需要。2004年暑期，根据湖北省军区的决定，对校舍进行了扩建装修，使用面积从410平方米增加到1300平方米，设置了专用的电脑教室和电子琴教室，更新了全部教学设备。以后，又多次进行了维修和改建，新设了钢琴教室和资料室、图书室，并在每个教室安装了电子化教学设备。这样，就为逐步增加现代教学课程创造了良好条件。

同时，我们还为每个学校领导购置了办公电脑，制订了工作人员电脑学习计划，对实行办公自动化提出了要求。

五、坚强的领导是学校开拓创新和进行现代化建设的根本保证。

只有开拓创新的领导才能带出开拓创新的学校。我校 25 年建设的历程说明，省军区的坚强领导是"将军学府"创新发展的根本保证。

建校以来，省军区历届军政一把手都亲自抓老干部大学工作，并由司令员或政委担任名誉校长，副政委和政治部副主任具体负责老年教育，老干办牵头协调具体事务，解决了很多实际问题。办学经费由每年 2 万增加到 4 万，还先后拨出 70 万专款，对破损校舍进行维修翻新，更新教学设备，采购电化教学器材，美化校园环境，使学校面貌焕然一新。现任名誉校长、省军区政委石宝华两次到校给老将军、老同志做理论学习报告，省军区副政委张仲会近期也给老将军、老同志主讲了国际形势讲座。

学校在省军区的正确领导下，在湖北省和武汉市老年大学的指导帮助下，由初创时的两三门课，一二百人发展到 26 门课程、62 个班次，1500 多名学员，2500 多人次的多学科、多层次、多功能的综合型老年大学。先后被武汉市、湖北省评为示范校，2009 年 10 月被中国老年大学协会评为"全国先进老年大学"，学校 3 位领导同志被评为"全国先进老年教育工作者"。

登载于《将军学府——纪念湖北省军区老干部大学建校 25 周年丛书之四》

苍凉慷慨 血路悲歌

——对毛泽东词《忆秦娥·娄山关》不同解读之我见

毛泽东词，偏于豪放，不废婉约。继往开来，雄视百代。在他生前发表的词作中，我特别喜爱《忆秦娥·娄山关》。其艺术风格是苍凉沉郁与豪放壮丽互相辉映，形成了一种撼人心魄的悲壮美。原词如下：

西风烈，长空雁叫霜晨月。霜晨月，马蹄声碎，喇叭声咽。雄关漫道真如铁，而今迈步从头越。从头越，苍山如海，残阳如血。

关于此词风格的解读，经历了一个从粉饰到真实的过程。20世纪60年代，在对毛泽东的一片歌颂声中，对此词的解释存在拔高现象。有的说："毛主席这首词概括地描写了工农红军千军万马大进军的图景，具体地刻画了红军跨越娄山关的豪情壮志，展现了革命的远大前程和宏伟的思想。"词的上阕是"一幅拂晓进军的壮丽图景，声势雄壮、浩大，一派浓烈的战斗气氛，生动形象地表现了红军所向无敌的英雄气概"。词的下阕"写出红军从头越的每一步都踩得群山在晃动，以震撼人心的艺术力量充分表达出红军蔑视艰险、蔑视敌人的气概。最后两句说明红军的前程像海洋一样无比壮阔，像火红的太阳一样无限美好。胜利永远属于毛主席亲手缔造的钢铁长城——工农红军！"

以上所述主要问题有两点：一是偏离了原词所表达的意境；二是违背了毛泽东自注中表达的创作意图。

从原词来看，上半阕描写了在繁霜满地、残月凄清的晨曦中，西风呼啸，雁啼凄厉，马蹄急促，喇叭断续，从听觉的角度谱出一首战地交响曲。这画面和声响，既是红军行军的典型环境，也是孤军作战的典型环境。（中央文献出版社 1996 年版《毛泽东诗词集》注释说"前阕写红军拂晓时向娄山关进军的情景"是不全面的）作者以战地的所见、所闻、所感，从侧面描写了娄山关的行军、接敌和激战，渲染出一种悲凉沉郁的浓重气氛。

下半阕描写了经过一天战斗，雄关已在脚下，红军再踏征程。战场回眸，登高遥望，山峦像大海一样绵延起伏，夕阳像鲜血那样殷红。从视觉的角度绘成了一幅色彩浓烈、悲壮沉雄的战地搏击图，表现了红军浴血奋战、英勇牺牲的激战场景。

《忆秦娥·娄山关》在苍凉、肃穆的气氛中开篇，"雄关漫道真如铁，而今迈步从头越"构成了全词最强音。而"苍山如海，残阳如血"八字，又思绪绵绵，血痕斑斑，意境惨烈，预示征途还要经历千难万险。词中苍凉沉郁与慷慨激扬的情绪交织，悲壮构成了全词的主调。

毛泽东自注："万里长征，千回百折，顺利少于困难不知有多少倍，心情是沉郁的。过了岷山，豁然开朗，转化到反面，柳暗花明又一村了。以下诸篇（《十六字令三首》《七律·长征》《念奴娇·昆仑》《清平乐·六盘水》），反映了这一种心情。"

从当时毛泽东所处情况和心境来看，这是可以理解的。一是遵义会议后第一仗（打土城）就碰了钉子，博古讥讽说："狭隘经验论者指挥也不过如此。"二是红军内部对毛泽东的指挥还有议论。毛泽东在悼念罗荣桓的诗中说过："长征不是难堪日，战锦方为大问题。""长征不是难堪日"是与"战锦"对比说的，实际上，在长征的困难时刻，林彪公然发难，说毛泽东老带着红军"走弓背"，并要请彭德怀出来指挥，说明意见还不统一。三是尽管取得了此次战斗胜利，但长征道路还有重重险阻，责任沉重，压力很大。

我觉得，悲壮是强烈的感情喷发，是矛盾的心潮激荡，是撕心裂肺的呐喊，是忧患意识和爱国情怀的凸显。悲壮是一种大美，是美到极处，远远超过单纯的悲苦、欢愉、颂扬和豪放。在中国诗歌史上，屈原的《国殇》、岳飞的《满江红》、陆游的《书愤》《示儿》、文天祥的《过零丁洋》……都是强烈震撼人心，催人泪下，激人奋起，千古传颂的作品。毛泽东这首《娄山关》，在悲壮意象的渲染、情感的抒发上，较上述诸作犹有过之。

为了烘托悲壮气氛，《娄山关》一词用了以下创作手法：

一是以动写静。在大自然的反响中只有风啸、雁唳、马驰、号鸣，就是没有人语，形成一种肃穆紧张的氛围。

二是以实写虚，以景写情。实写战场景物，虚写具体战斗过程，以典型的景物表达红军艰难奋战、浴血疆场的坚强斗志和英雄气概。

三是以中国古典诗词传统意象写当代事物和革命情怀。如"云边雁断胡天月"（温庭筠《苏武庙》）、"鸡声茅店月，人迹板桥霜"（温庭筠《商山早行》）、"古道西风瘦马"（马致远《天净沙》）、"落日楼头，断鸿声里"（辛弃疾《水龙吟·登建康赏心亭》）、"秋到边城角声哀，烽火照高台"（陆游《秋波媚》）、"箫声咽，秦娥梦断秦楼月""西风残照，汉家陵阙"（佚名《忆秦娥》）等，在毛词中运用了"西风、雁叫、霜晨月、马蹄、喇叭、雄关、残阳"等传统意象，而在思想上、艺术上创造了新的境界。

关于此词写作的时间，有一天、两天和三个月三种提法。

毛泽东说写的是一天。他说："当年（1935年）二月，在接近娄山关几十华里的地点，清晨出发，还有月亮，午后二三时到达娄山关，一战攻克，消灭敌军一个师，这时已近黄昏了。乘胜直追，夜战遵义，又消灭敌军一个师。此役共消灭敌军两个师，重占遵义。"作者的自述应该是最权威的解释。

有人说这首词写的是两天。山上两天是颠倒用的。上半阕写的今天，早晨；下半阕写的昨天，傍晚。想到了昨天傍晚"苍山如海，残阳如血"的景象。这种说法有些不合情理，昨夜已经打到遵义了，怎么今天一清早又跑回来重游战地，来回顾昨天一天的战况？

郭沫若解释说写的是三个月。他说："这首词写了三个月的事。上阕写的不是娄山关，是写长征开始到娄山关这一段时间。长征开始是1934

年10月，正是秋天。'西风烈'分明是秋天，也表达了敌人势力猖狂的气氛。在这时，天上有归雁，地上有红军，两相对照。马走不动，喇叭声也在呜咽，气氛是悲壮的。下阕写遵义会议后，树立了毛泽东的正确领导，革命走上了正确的路线，还有很多道铁门关。'雄关漫道真如铁'我们也要而今迈步从头越，领导革命，突破艰险。'苍山如海'前面是高低不平的山，曲折的道路。'残阳如血'象征着还有艰苦的斗争。遵义会议是革命的一个分水岭，娄山关这首词正是这个分水岭的反映。"（《羊城晚报》1962年3月15日）

我觉得，郭沫若的解释切景、合情、在理，很有见地，给人启示。但作者毛泽东本人在看到写有此段文字的《喜读毛泽东（词六首）》时，却把这部分解释全部删去，并换上"写的是一天的事"的注释。我们应当怎样看待这个问题呢。

臧克家在他主编的《毛泽东诗词鉴赏》前言中说："毛主席自己的自白，也不一定要一一遵从，应凭对诗词本身的体会写文章抒发自己的看法。作者的原意与读者的体会未必完全相同，也不应强求。"

我完全同意萧永义先生对此问题的意见。萧说："笔者以为郭老的解释与毛泽东自己的说明是可以统一起来看的。说《娄山关》写的是一天的事，这是从写实的角度看的。说写了三个月的事，是从象征意义的角度来看的，都可以说得通。"（萧永义著《毛泽东诗词史话》甲申新本138页）

我觉得，郭沫若的解释更可以帮助我们加深对娄山关战斗的背景和它对中国革命伟大意义的理解。特别是"雄关漫道真如铁，而今迈步从头越"二句，对于展现遵义会议后，党和红军面临的形势、战略、信念、决心，是再恰当不过的了，这也是此词广泛传颂，历久不衰的重要原因。

部分登载于2012年4月15日《湖北日报》，全文登载于2012年12月《诗词曲联创作理论与实践研讨会论文汇编》（湖北省诗词学会、武汉诗词楹联学会编印）

强军抗敌、恤民斥暴的军事纲领
——浅议杜甫《前出塞》九首其六体现的军事思想及其他

杜甫在唐天宝年间，写了十四首《出塞》诗，先写九首，后写五首，加"前""后"以示区别。杜甫在这些诗中，通过一位征夫的从军经历，鲜明地表达自己的军事思想和战争观。《前出塞》九首其六，更以鲜活的语言、响亮的节奏、坚定的态度表明了自己爱国恤民的战争理念，体现了中华民族的大智、大仁、大勇的军魂、国魂，它既是对唐代以前军事斗争经验的总结，对于唐代以后直至今天的军事斗争也有重要的指导和借鉴作用。

原文如下：

> 挽弓当挽强，用箭当用长。
> 射人先射马，擒贼先擒王。
> 杀人亦有限，列国自有疆。
> 苟能制侵陵，岂在多杀伤。

前四句充满了有我无敌，战则必胜，"压倒一切敌人，而绝不被敌人压倒"的冲天豪气，在形象化的描述中提出了对作战准备和作战方略的根本要求。通过对原诗的分析，我们可以体会出以下内容。

在作战准备上，必须紧紧地把握三个方面：

第一，要做到诗中所体现的部队强悍、士气高昂，必须通过深入的阵前动员和言传身教，树立必胜信心，养成过硬作风，才能做到有我无敌，一往无前。

第二，要实现"挽弓当挽强，用箭当用长"的要求，必须建立后勤基地，做好后勤工作，用高、精、尖的军事装备武装部队。

第三，要能够熟练地运用强弓硬弩战胜敌人，必须通过摸爬滚打，进行严格的军事训练，增强体力，掌握过硬的军事技术。

在作战方略上，杜甫提出"射人先射马，擒贼先擒王"。我们可以从中感悟出以下三点：

第一，作战要讲究战略战术，不能一线平推，一味蛮干。

第二，作战要找准敌人弱点。为什么要"射人先射马"，因为马的目标大，容易射中，马倒则人亦非死即伤。只要找准了对手弱点，就能以小的代价取得大的胜利。毛泽东曾在《中国革命战争的战略问题》一文中引用了《水浒传》中的洪教头，在柴进家中要打林冲，连唤几个"来""来""来"，结果是退让的林冲看出洪教头的破绽，一脚踢翻了洪教头。

第三，"擒贼先擒王"的意思是，要想战胜贼寇，首先必须抓获敌方主帅。推而广之，就是要摧毁敌方集团军，即摧毁敌之首脑机关。南宋著名豪放派词人，也是一名军事家的辛弃疾，22岁时在山东忠义军耿京幕下任掌书记，叛徒张安国暗杀耿京降金，辛弃疾立即带领五十余骑连夜突袭金营，生擒张安国，押回南宋正法，大大震慑了敌人，鼓舞了士气。解放战争中，我四野45军135师在衡宝战役中，由于急行军未架设电台，未接收到停止进军的命令，一直冲到白崇禧的王牌钢七军军部附近，遵命一举歼灭敌七军军部，腰斩七军，为衡宝战役的胜利做出了重大贡献。这便是"擒贼先擒王"的成功战例。

后四句，明确指出作战的根本目的，不是为了杀人（"杀人亦有限"），也不是为了掠夺别人的领土（"列国自有疆"），而是为了反对非正义战争（"制侵陵"），保护人民生命财产的安全。由此，我们可以深深地体会到杜甫爱国恤民的伟大精神。

杜甫认为作战的目的，是制止敌人的侵略，避免国土蹂躏，人民遭殃。

他在《悲陈陶》一诗中，描写了唐肃宗至德元年（756年），唐军跟安史叛军作战，四五万人几乎全军覆灭。尽管"血作陈陶泽中水""四万义军同日死"，诗中还是哀鸣"都人回面北向啼，日夜更望官军至"。对正义的平叛战争给予了殷切的期待。

在震撼千古、催人泪下的《三吏》《三别》中，杜甫一方面痛恨官吏的横行，痛惜人民的苦难，一方面又热情歌颂士兵讨贼、人民参战的感人事迹，慰勉他们努力杀敌。比如《新安吏》在揭露官吏强制拉丁后说："就粮依故垒，练卒依旧京。掘壕不到水，牧马役亦轻。况乃王师顺，抚养甚分明。送行勿泣血，仆射为弟兄。"在《新婚别》中，叙述新妇慰勉从军丈夫"勿为新婚念，努力事戎行"。《垂老别》写一个老人，在子孙全部阵亡以后辞别妻子，愤然从军，诗中字字血泪，感人肺腑。

《后出塞》五首其二，写了一个新兵入伍后，从行军到宿营的一天经历。"落日照大旗，马鸣风萧萧"，展现出一幅有声有色的暮野行军图。"平沙列万幕，部伍各见招。中天悬明月，令严夜寂寥。悲笳数声动，壮士惨不骄。"展现了沙地宿营千军万马阒然无声的壮阔场面。"借问大将谁，恐是霍嫖姚。"对部队将领深深信赖，显现了新兵的自豪感。全诗充满了必胜信念，凸显了盛唐气象，在五首中具有相对的独立性，是杜甫军旅诗的杰作。

另一方面，杜甫反对穷兵黩武、压迫人民的侵略战争。据《资治通鉴》卷二百一十六载："天宝十载，剑南节度使鲜于仲通讨南诏蛮，大败于泸南。时仲通将兵八万……军大败，士卒死者六万人，仲通仅以身免。杨国忠掩其败状，仍叙其战功……制大募两京及河南北兵以击南诏。人闻云南多瘴疠，未战士卒死者十之八九，莫肯应募。杨国忠遣御史分道捕人，连枷送诣军所……于是行者愁怨，父母妻子送之，所在哭声振野。"杜甫在《兵车行》中，以火山喷发式的激愤，秉笔急书"边庭流血成海水，武皇开边意未已"。当然，为了避讳自保，表面批汉武帝，实际批唐玄宗像汉武帝一样好战开边，连年征战，给人民带来了深重的灾难。

诗中一个"君不闻"（"汉家山东二百州，千村万落生荆杞"），一个"君不见"（"青海头，古来白骨无人收。新鬼烦冤旧鬼哭，天阴雨湿声啾啾"），声泪俱下地描绘了战争的悲惨情状，也表现了作者的鲜明爱憎。

  杜甫军旅诗词是杜诗的重要组成部分，具有高度的思想性和艺术性。杜甫以伟大的爱国主义精神、鲜明地反对非正义战争的思想、恤民爱民的赤子情怀，占领了中国军旅诗词的制高点，像一面大旗高高飘扬。特别是《前出塞》九首其六，思想之深刻，大大超过了同类军旅诗词，堪称形象的战策、有韵的兵法、中华民族的军魂，也是我们学习杜甫军旅诗词的一把钥匙。

  登载于2013年12月第一期《中华军旅诗词研究》创刊号（解放军红叶诗社编）

如何创作诗词精品

年交癸巳，笔走龙蛇，"文化强国"的东风，给我们带来了一个熟悉的话题——如何创作诗词精品？

21世纪初，创作诗词精品的呼声在诗坛回荡，诗刊日见其多，作者日见其众，但精品却所见甚少，个别写得较好的也淹没在密密麻麻的诗词森林之中，芳容难觅，使人长叹。造成这种现象的原因，从作者来说，一是基本功不扎实，还未掌握格律诗词基本知识；二是不认真构思和精心创作，只求过得去，不求过得硬，甚至有的粗制滥造，敷衍了事。

从编者来说，一是把关不严，有的是碍于情面，领导、好友的作品才通过；会员作品，放行。有的报刊编辑自己对格律诗词也不甚懂，登出的格律诗词，洋相百出。

中华诗词学会原会长孙铁青早就指出：当今精品力作的标准应当是：时代精神、先进思想、真挚感情与艺术魅力的高度统一。

根据孙铁青先生的论述，我认为要创作诗词精品，必须做到以下三点：

其一，精品必须有"精神"。当前创作有两种错误倾向：一是光喊标语口号，缺乏真实情感。不管什么题目，张口就是"莺歌燕舞""四海升平"，"全国人民齐奋进，红旗高举向前方"；二是把现实看得一片漆黑，一叶障目，不见泰山，有违温柔敦厚之旨。

诗言志。精品不是"尧天舜日""海晏河清"的苍白粉饰，不是远离现实、顾影自怜的低级趣味，更不是满天毒雾、一无是处的恶意诅咒。精品要符合社会主义核心价值观，要反映时代主旋律，要铸造中华民族之魂。它是高举旗帜、激荡风云的时代放歌；革新挞腐、中流击浪的壮志豪情；目注基层、心系弱势的无涯大爱；热爱生活、亲近自然的高洁情操。

其二，精品必须聚"精华"。精品既然是思想性与艺术性的统一，就必须在把握思想性的同时，运用一切美好的艺术形式和创作手段去体现所表达的内容。可惜当今诗坛有些作品，不乏东涂西抹的凑韵，不乏无病呻吟的游戏，不乏陈词滥调的重复。有的如七宝楼台，看起来光怪陆离，一旦跌落，不成片段。

文而无华，行之不远。形象思维是文学艺术的本质特征，而意境和意象思维又是诗词的本质特征。精品是自《周易》《诗经》《楚辞》以来中华诗词优良传统的传承，是形象思维、意境、意象思维的展现，是当代诗词丰硕成果的交汇，是广大群众生活疾苦的呼号，是中华民族坚定向前的足音。精品必须具有诗人的挚爱、深情和独特视角、画家的胸中丘壑和腕底云烟、乐曲的海上涛声和深山鸟鸣。一句话，精品必须用形象说话，用意境升华，用心血抒情，用襟怀表意。

其三，精品必须讲"精粹"。毛泽东曾云："不讲平仄，便非律诗。"可惜，当前这种"非律诗"充斥某些诗集和报纸副刊，作者不乏官员和名家。有的动辄标注"五律""七绝""如梦令""沁园春"，实则除字数相等外，平仄不合，音韵不叶，对仗不工。还有的因不谙格律，便以"古风""自度曲"形式发表作品，以堵批评者之口。不知这类形式对诗词作者驾驭古汉语的能力要求更高。这些现象离"精粹"的要求十万八千里，不仅浪费了纸张和读者的精力，也影响了作者的信誉和中华诗词的美名。

衷心希望写格律诗词的作者没有创作激情不要硬凑，衷心希望编辑对不符合格律的诗词，不要轻易放行。

登载于2013年第1期《金秋诗刊》（济南军区老战士诗词学习研究会主办）

浅谈写酬应诗的基本要求

我认为，写酬应诗，不论是紧跟形势的命题之作还是亲友题赠应答，都要做到三个字，即"切""真""深"。

一、在扣题上，要求"切"

切题是撰写一切诗文的起码要求，写酬应诗对此更要特别留意。因为这类诗是写给特定对象的，要反映什么内容，表达什么意见，抒发什么心情，一定要有的放矢，清楚鲜明。

"应制诗"现在应指那些紧跟形势的命题诗。我觉得，当代应当称其为"遵命诗"。这是从鲁迅的"遵命文学"引申出来的，不是贬义词。鲁迅"遵革命前驱者的命令"进行文学创作，我们则是遵中国工人阶级先锋队和中国人民、中华民族的命令，紧跟时代，关心家国、心系人民而进行诗词创作。

写好"遵命诗"并不容易。关键要写出特色，特色就是切题。从节令来讲，年年都有元旦、春节、端午、重阳；从节日来讲，年年都有五一、国庆、七一、八一；从盛会来讲，年年都要召开两会，过五年就要召开一次党代表大会；从大事来讲，年年都有工业增产、农业丰收、"神舟"上天。作诗就不能写得年年一样。

时间与空间不同，政治形势不同，自然景物不同，思想状态不同，写出的作品应有不同的面貌。

请看缪海稜的《建国四十周年颂》：

> 碧空如洗正秋高，禹甸生辉意气豪。
>
> 四十春秋开伟业，几番风雨涨新潮。

鲲鹏奋翅冲霄汉，燕雀低回恋小巢。
明日关山千万里，从头迈步看今朝。

首联点时、地；颔联互文说明经历四十年风雨，改革开放取得了伟大成就；颈联顿挫旋折，指出在鲲鹏奋翅的同时，还有迷恋小巢的燕雀；尾联抒发雄关漫道从头越的豪情。全诗紧扣国庆四十周年，一气呵成，移不到别处去。

而《八一抒怀》这一首：

一枪打响豫章城，奋起工农子弟兵。
八面驰骋攘外患，五围粉碎举长征。
援朝跃马三千里，捣蒋横戈百万兵。
戎马关山留血迹，染成八一战旗红。

从整篇来看，对仗工整，音调和谐，写得还是不错的。只是解放军的历程只写到抗美援朝为止，20世纪60年代以后年年可用，时代特色不够鲜明。

亲友师生之间写赠答诗也要切题。应根据赠答的对象不同、境遇不同、心情不同而有的放矢，写出最恰当的语言，反映当时作者的心声，不能一味写格调不高的歌颂吹捧之词。古今好多赠答诗在这方面给我们树立了榜样。

友人升迁应好意勉励。比如岑参《寄左省杜拾遗》："圣朝无阙事，渐觉谏书稀。"

友人困苦凄凉应给予热情的激励。比如高适《别董大》："莫愁前路无知己，天下谁人不识君？"

为友人送行应表现殷殷惜别之情。比如李白《送孟浩然之广陵》："孤帆远影碧空尽，唯见长江天际流。"

友人事业受挫应表现感同身受的沉痛之情。比如元稹《闻乐天授江州司马》："残灯无焰影幢幢，此夕闻君谪九江。垂死病中惊坐起，暗风吹雨入寒窗。"

友人处事不当应善意提醒。比如鲁迅《阻郁达夫移家杭州》："门庭冷落将军岳，梅鹤凄凉处士林。何似举家游旷达，风波浩荡足行吟。"

友人有缺失应善意规劝。比如毛泽东《和柳亚子先生》："牢骚太盛防肠断，风物长宜放眼量。"

二、在感情上，要求"真"

清代的袁枚在《随园诗话》中指出："情从心出。"写"酬应诗"要意挚情真，情真才能出好诗。打假去伪，应该是衡量"酬应诗"价值的首要标准。只有写出自己的真感情、真抱负，才能够沁人心脾，发人深省，具有真切的艺术感染力。

在赠答诗中，自古以来产生了众多情真意厚的作品，令人难以忘怀，尤以李杜互赠之作感人至深。李白与杜甫的交谊是中国文学史上珍贵的一页。天宝四年（745年）秋，李白在送别杜甫，回到沙丘写的一首《沙丘城下寄杜甫》：

> 我来竟何事？高卧沙丘城。
> 城边有古树，日夕连秋声。
> 鲁酒不可醉，齐歌空复情。
> 思君若汶水，浩荡寄南征。

这首五古前六句完全写自己百无聊赖的情绪，直到结尾才点出"思君"二字，回头看前六句，便觉得无一不是写"思君"，而且缠绵婉转，层层递进，充满深情。杜甫写给李白的诗，不但数量多，而且对李白充满钦慕关注之情。比如"白也诗无敌，飘然思不群"（《春日忆李白》）、"冠盖满京华，斯人独憔悴"（《梦李白二首》）、"世人皆欲杀，吾意独怜才"（《不见》）等，都是发自内心的热爱和喷涌的热泪凝成。

当代情真意切的赠答诗也不少。比如王巨农的《戏赠内子》：

牛衣共卧忆犹寒，忽忽霜华上鬓端。
老去怕翻流水账，夜来惯听撼山鼾。
十年浩劫相偎紧，几句歪诗强解欢。
对汝不忠唯一事，月薪常为买书瞒。

作者自幼家贫，半生坎坷，与夫人饱经患难，甘苦与共，恩爱之情，老而弥笃。诗中忆及往事，不堪回首，并肩前行，苦中有乐。尾联出人意表，使人在会心一笑中滴下同情之泪。

再看熊鉴写的《贺青年诗人××任副县长》：

作诗容易做官难，况是难当父母官。
要以言行施教化，应无黎庶困饥寒。
好凭白纸精心写，画个宏图慧眼看。
待到河阳花满县，老夫携酒再来干。

此诗表现了熊鉴先生忧国忧民的赤子情怀和对当代青年的殷切期望，真情涌动，大气凛然，令人肃然起敬。

当前诗坛还有一些酬应诗，颂时则满篇"尧天舜日""海晏河清"，赠人则满篇"才追李杜""诗越宋唐"，没有真情实感，不足为训。

对于此类诗篇，一位先生写了一阕《一剪梅·偶感》以状之：

择韵拈题镇日忙。七一南湖，八一南昌。端阳国庆又重阳。舞罢红旗，菊粽登场。　　满纸陈言慨以慷。新意全无，官样文章。纷纷世相已抛荒。

国事民情，谁个评量？

三、在开掘上，要求"深"

请看熊东遨先生写的七律《香港回归》：

> 漫说英伦日不西，城头终降百年旗。
> 前仇到此应全泯，积弱何时可尽医。
> 两制风开红紫蕊，一言冰释弟兄疑。
> 澳台放眼情无限，共插茱萸信有期。

庆祝香港回归的诗多得很，大都是欢呼歌颂之词，而像熊东遨先生写得这样具有深刻忧患意识，发出"积弱何时可尽医"的当头棒喝的警句却并不多见，启示人们对国家的前途和命运作深入的思考。全诗抑扬顿挫，笔力雄健，力能掣鲸，气可凌云，其思想的深度决定了境界的高度。

为什么有的诗词写得平淡浅薄？我觉得，主要是作者见识肤浅，观察事物浮光掠影，不能通过事物的表象看到其中蕴含的本质。因而写节日只看到红旗锣鼓，写名人只会写功高盖世，写开会只发现群贤毕至，写别情离不开苦脸愁眉。

厚积才能薄发。要做得深入开掘，一是必须提高自己的思想境界，时时关怀祖国和人民的命运，才能落纸有神；二是必须有丰富的生活积累，言之有物，不做无病呻吟；三是必须具有深厚的文化底蕴，只有"读书破万卷"，才能"下笔如有神"。

登载于2013年第4期《鹰台诗词》（湖北省诗词学会省直分会、湖北省老年人大学鹰台诗社主办）

情景交融 虚实相生
浅谈创作《菩萨蛮·过楚望台》的体会

在纪念辛亥革命100周年的时候，我应征写了一组小词，其中有一首《菩萨蛮·过楚望台》。原文如下：

楚台寂寞秋花艳，当年霹雳惊霄汉。风骤两江寒，一枪摧帝冠。
台前长伫立，芳草连天碧。新纪月将圆，凝眸阿里山。

这是一首普通的作品，后来竟被镌刻在武汉市首义公园的碑林上。有的朋友要我谈一点写作体会。我想，这类作品应当属于怀古题材，是一种抒情词，借吟咏历史故事、历史人物来抒发自己对历史和现实的情感。

在创作时，应把握以下几点：

一要紧贴主题。即所写事物一定要和主题直接关联，有的放矢，箭不虚发。这首词写的是《过楚望台》，内容必须紧贴有关楚望台的人和事。这个台位于武昌梅亭山，为明太祖朱元璋第六子楚王朱桢遥望帝京处。清末在此建有大型军械库，1911年10月10日晚，清新军工程八营发难，打响了辛亥革命第一枪，率先占领楚望台军械库，揭起了起义大旗，各地纷纷响应，终于推翻了封建帝制。此词点明了作品要写的地址（楚台）、时间（秋天）和主要事件，就为作者抒怀创建了特定的空间。

二要因题及景。创作诗词一般都不宜直说，写词尤应如此。必须将要写的内容融入一个个生动的景象，使它们都亮起来、响起来、活起来，形成一幅色彩交织的画面，一首八音齐奏的乐曲，一座步移景换的园林。《过楚望台》是一首小令，不可能以较大篇幅写景。我在创作时采用了两种手法：一是用简洁的文字写眼前之景。上片首联"楚台寂寞秋花艳，当年霹雳惊霄汉"，写游人已去，孤影独吊，在寂静的氛围中面对艳丽的秋菊，不禁心潮澎湃，浮想联翩。当年武昌起义的枪声如晴空霹雳，震响在耳际。第二联承"霹雳"句，一"骤"一"寒"，显出当时社会环境之恶劣，反衬革命者的坚毅，"一枪"摧毁了封建王朝；二是用虚拟的想象写心中之景。下片首联"台前长伫立，芳草碧连天"。台前望远，云淡天高，改革开放的春风吹拂大地，似觉脚下的芳草像一张碧绿的绒毯铺向远方，与蓝天合成一体，令人久久不能忘怀。试用连天碧草来表现心中绿意浓浓的大好河山、和谐社会。

三要情注笔端。清代张惠言在《词选·序》中说："词，缘情发端，兴于微言，以相感动。"中华诗词千变万化，总离不开一个"情"字。诗词中无"情"，就只能是无聊文字的堆积。"情"受一个人的学识、襟怀、品格的影响，有高雅、低俗、深刻、肤浅之分。《过楚望台》上片作者在幽静的环境中深情缅怀，表现了对革命先烈的敬仰之情。下片写中秋即至，皓月将圆，联想祖国尚未统一，凝眸远在天边的阿里山，盼望海峡两岸兄弟重新携手，中华大地江山一统，炎黄子孙共庆月圆，从而拓展和深化了作品的主题。

四要凝练参差。凝练指字句简约，参差指错落有致，起伏跌宕，对比强烈。词分小令、中调、长调三种。58字以内为小令，菩萨蛮为双调44字，以五、七言组成，上下片各两仄韵、两平韵，平仄迭转，情调由紧转为深沉，极富跌宕起伏之致。它要求用字凝练，对比强烈，音调铿锵，循环交响，有大珠小珠落玉盘之妙。《过楚望台》用"楚台"点地，用"秋花"点时，用"一枪"点事，用"凝眸"达意，以较少的笔墨表述了所要表达的内容。在《过楚望台》创作中，运用了对比手法。以环境寂寞与秋花艳丽对比，以独自凭吊与当年霹雳对比，以"两江寒"的形势险恶与坚决打响第一枪的勇气对比，以连天碧草与一轮皓月对比，使作品形象更为鲜明，情感更为炽热，对读者会产生更大的思想冲击，也可能引起更多一点的深情回味。

后 记

父亲皇甫国自2022年10月28日离世至今已一年有余。父亲在世时有一句话我们一直印象深刻："古人云，老年如烛火之光，但对一个共产党员来说，只要活着，就是一把熊熊燃烧的火炬！"

父亲知行合一，这么说也在这么做，退休后一直从事老年教育工作，并且取得了一定的成绩，还在工作之余手不释卷、学而不厌、笔耕不辍，在各类期刊发表了大量作品。父亲去世后留下的数千册图书、杂志及大量作品资料，我们花费数月时间整理，将已发表的内容逐册拍照制作成电子档案，转换为电子文本。经汇总，父亲共在各类刊物发表诗作1411首、文章49篇，还有少量书法作品和通讯报道。父亲在世时已经做了部队生活照片的整理，我们将这些照片和精选的生活照进行翻拍，并选择较好的书法作品拍摄制作成电子档案备用。

父亲留下的诗词作品数量大、内容繁杂，有诗家建议不要贪大求全，力求能够流传。我们在整理过程中，为方便选用，将所有作品大致按发表时的类别或经历分类，经反复斟酌最终精选诗歌400余首，文章6篇。诗歌共分为4辑，每辑4章，共16章。其中，"岁月如磐"抒发激情燃烧、岁月昂扬的革命情怀；"高山流水"讲述战友、诗词同道之间高山流水、知音相合的友情；"时代洪流"歌颂党和人民开创的社会主义事业；"世间万象"描述旅行和生活中的见闻（"流光若川"部分以内容发生的时间为序，其他章节以写作时间为序）。其中穿插了父母和家人的照片及诗词相关的书法作品，力争图文并茂，使读者有更好的阅读体验。

在本书付梓之际，感恩著名诗家杨逸明先生在患有干眼症的情况下依然倾情为本书作序；感谢诗家段维和吴江涛，本书采用他们2017年所写诗评为序，为本书增色不少。也特别感谢编辑陈景丽女士在本书出版的过程中所做的大量而专业的编审工作。同时，感恩家乡的亲人、感恩父亲的母校桃花源一中和父亲的友人，感恩众多诗家给予我们的关爱和支持。

父亲去世后诗友纷纷写诗悼念，再次感恩组织编写悼念诗词集《纪念皇甫国诗词文集》的众多诗家，包括组织者、主编葛开骥，主审王建勤、陈水冰、郑慎德，由诗家段维作序，诗家黄金辉题词，诗家陈水冰写跋。写诗悼念的有侯孝琼教授，有诗家姚泉名、姚义勇、冯立武、吴江涛、刘志澄、王建军、张德顺、吴刚、高寒等，我们要感谢的友人实在太多太多，原谅不能一一列出。

2023年，我们曾整理《皇甫国诗词文集——峥嵘岁月》一书，请诗家岳宣义、傅占魁作序。父亲的老战友林侬焕专门写文悼念。在此，也一并表示感谢！

同时，也深深感谢高小平在网络刊物《桃源文化广场》对父亲诗词的大力推广。

最后，感谢武汉市军队离退休干部第八服务管理中心领导的支持，感谢父亲老战友付平安、张利华、柳定敏、周国应、段慧芳等多次看望，感恩有你们！

皇甫朝晖、皇甫红琴
2024年7月16日